La partida

Sección: Literatura

Miguel Delibes:
La partida

BIBLIOTECA
FUNDAMENTAL
DE NUESTRO
TIEMPO

ALIANZA EDITORIAL
CLUB INTERNACIONAL DEL LIBRO
S. A. DE PROMOCION Y EDICIONES

Primera edición en «El Libro de Bolsillo»: 1967
Segunda edición en «El Libro de Bolsillo»: 1969
Tercera edición en «El Libro de Bolsillo»: 1979
Cuarta edición en «El Libro de Bolsillo»: 1982
Quinta edición en «El Libro de Bolsillo»: 1984
Sexta edición en «Biblioteca Fundamental de Nuestro Tiempo»: 1984

Calle Milán, 38; ☎ 200 00 45
Distribuidor exclusivo de la colección "Biblioteca Fundamental de Nuestro Tiempo":
Club Internacional del Libro
S. A. de Promoción y Ediciones
C/ Marqués de Monteagudo, 18
ISBN: 84-206-9221-2
Depósito legal: M. 27.885-1984
Impreso en: GREFOL, S. A.,
Pol. II - La Fuensanta
Móstoles (Madrid)
Encuadernado por: Larmor, S. A.
Printed in Spain.

Uno

Relato primero: La partida

Había sido Miguel Páez durante dieciocho años, y de pronto, en cuarenta y ocho horas, era sólo *Valladolid.* Y en el *Cantabria* le decían *Valladolid* con acento indulgente, como un tierno diminutivo. A él no le ofendía, antes al contrario, le confortaba no sólo el tono, sino la palabra, y la nostalgia de su ciudad que la palabra envolvía. Don Jesús Beardo, el maquinista del *Cantabria,* decía *Valladolid* de otra manera. Aun si recitaba versos, don Jesús Beardo, el maquinista del *Cantabria,* adoptaba una expresión negra y cortada, como el ladrido de un mastín hosco. En cambio, Benito, el contramaestre, veía las cosas de color rosa, y hasta cuando mencionaba la carga —aquella carga que le hacía sudar y blasfemar junto a los cuarteles de la sentina, mientras chirriaba, arriba, el aguilón de la grúa— decía: «Naranjas, naranjitas; pequeños soles para los hijos de la niebla.» Y seguramente Benito, el contramaestre del *Cantabria*, pensaba en redondo y no en alargado, porque su cuerpo era redondo, y para él imaginar a Ava Gardner era como tener a Ava Gardner, y él la vió apearse una vez del avión 7532 de la Air Force, y desde entonces se creía con algún derecho sobre la muchacha. El decía: «Las caritas de las actrices, contra lo que la gente cree, no son sólo potingues. Ava Gardner sabe sonreír y, sobre todo, sabe mirar. En las mujeres, el saber mirar es una sabia virtud.» A Miguel Páez le decía ahora *Valladolid* y a *Valladolid* le agradaba oír al contramaestre llamarle *Valladolid* porque así olvidaba, o se desentendía de la mugre y la sordidez, y aun de la austeridad, del *Cantabria*. Escuchando a Benito las cosas tomaban un amable cariz de fiesta.

El llegó dos días antes, con sus maletas de cartón a cuestas y su predisposición al asombro. «Yo soy un alumno de Náutica sin conocimientos prácticos; eso, eso...», se decía. Luego, durante la cena, se lo confesó al maquinista y el maquinista gruñó. El capitán era joven para tener el pelo blanco y, sin embargo, el pelo suyo era desoladamente blanco y sus maneras lacónicas. Benito, el contramaestre, se echó a reír, primero, cuando él, *Valladolid,* al oír las presentaciones del capitán lanzó aturdido su mano al azar, para el primero que quisiera tomarla. *Valladolid* estaba descentrado con su carita blanca, imberbe, de escolar de pensión, entre aquellos rostros atezados por todos los vientos. Más tarde, cuando pretendió arrimar la banqueta a la mesa, Benito, el contramaestre, rió por segunda vez y don Jesús Beardo, el maquinista, le dijo:

—Muchacho, cuando entres en un barco repara que eres tú lo único que no está amarrado al suelo.

Su ingreso, pues, no fue ni mucho menos unas pascuas. El revisor, en el tren, le había dicho: «¿Embarcas en Santander? Un bote.» «¿Por qué un bote?», inquirió él, que todavía no era *Valladolid,* con cierto desapego. «Ahí no hay barcos de calado.» «No hay barcos de calado... No hay barcos de calado. ¿Pretendo yo darle lecciones a él de lo que pasa en el tren?», pensó Miguel Páez. Luego resultó que el *Cantabria* era un bote de 500 toneladas, 35 metros de eslora,

6 de manga y 6,75 de puntal. Y la arboladura un desecho, tarada de herrumbre, y él no era Miguel Páez, sino *Valladolid*. Se arrimó a Benito, que a orilla de la sentina contemplaba la carga, sudaba y escupía juramentos.

—¿Qué creíste, hijo? ¿Que era el *Queen Mary?* —le dijo el contramaestre.

—¿Y eso? —indagó él, señalando la carga.

—Naranjas, naranjitas; pequeños soles para los hijos de la niebla.

Más tarde juró de nuevo el contramaestre, cuya faena de dril estaba desteñida en los sobacos. En su cuello poderoso, se distinguían tres franjas de color grana y si elevaba los ojos para observar las evoluciones del aguilón de la grúa se hacían más ostensibles. El cuerpo del contramaestre resultaba un poco cómico en su redondez pretenciosa, en su vil adiposidad. *Valladolid,* que aún no era *Valladolid,* sino Miguel Páez, se sintió entristecido y pensó en Marita y, sin poder remediarlo, porque era una necesidad perentoria, se encaramó al espardel y arañó el nombre de la muchacha en la pintura, debajo de un cable. Se hizo la tonta ilusión de que así la chica, en cierto modo, le acompañaba. Bajó más aliviado y ya el aguilón descendía al sollado por última vez y Benito, el contramaestre, dejó de jurar, le tomó por los hombros y le fue diciendo, sin que él le preguntase nada:

—Aquí es la pacotilla, ¿me entiendes? Sin la pacotilla esto no es carrera ni es nada. ¿Dónde estudiaste tú?

—En Barcelona.

—Luego eres catalán. ¡Buen país!

—Soy de Valladolid.

—¡Ejem! Bueno, eso es otra cosa. No es mal país tampoco Valladolid... Sin la pacotilla te podrías dedicar a escardar, yo te lo digo. Es más rentable. ¿Valladolid? Yo pasé por Valladolid en el año nueve. ¡Bonitas chicas o yo soy un perro sarnoso!

Valladolid, que empezaba a ser *Valladolid*, sonrió tímidamente. No se aventuraba a la sonrisa abierta para no dulcificar aún más su rostro. A Marita le decía, tres días antes, tomándole de las manos y sintiéndose fuerte y viril: «Ya ves, hijita, la mar, la mar... Recorrer el mundo. Es, ésta, una profesión muy dura.» A Marita le temblaba una lágrima en el ojo derecho. Le dijo, recostando la cabeza sobre su hombro, que, entonces, podía parecer capaz y sólido: «Cuando nos casemos me llevarás contigo. No nos separaremos nunca, ¿no es cierto?» «Veremos, veremos...», respondió él dispuesto a allanar dificultades. Marita tenía dieciséis años y unos hombros adolescentes y frágiles, y unos acerbos celos del *Cantabria,* carga general. Junto a Benito, el contramaestre, *Valladolid* se sentía Marita: débil y compungido. El, *Valladolid,* era audaz lejos de las realidades. En el *Cantabria* era tímido y se sentía muy poquita cosa. Su padre le dio tres billetes de cien al despedirse: «Tú sabes que esto no sobra. Pero aún no ganas y yo he de concluir lo que empecé o no soy hijo de mi madre.» Su padre, naturalmente, sí era hijo de su madre, concluyera o no lo que había empezado, pero *Valladolid* no era, en puridad, hijo de su padre. Su madre, que sí que era su madre, se casó con su padre en segundas, cuando ya le tenía a él. *Valladolid* no recordaba la boda, ni recordaba a su madre, pero sí recordaba a su medio hermano Raulito, que era breve y enclenque como un pájaro en carnutas. Cuando murió, le encerraron en un cofrecito blanco y su padre, «Revisor de la Cía. de FF. CC. del Norte», hizo asueto aquel día y andaba tras el féretro como borracho y, por la noche, le dijo a Miguel Páez: «Sólo me quedas tú. Lo más mío se esfumó.» Lo más suyo eran Raulito y su madre, que también eran lo más suyo, lo más de *Valla-*

dolid, y también se le habían esfumado. El le dijo: « ¡Padre...! », y se atascó, porque allí no cabían las palabras, y el revisor de los Ferrocarriles del Norte añadió: «Sí, hijo, sí; como si lo fuera; para ti, como si lo fuera.»

A *Valladolid* le constaba el esfuerzo de su padre y le constaba que no mentía al decirle: «Tú sabes que esto no sobra.» Los tres billetes eran una necesidad truncada y *Valladolid* los colocó en el bolso alto de la americana, tal vez para tenerlos más cerca del corazón. Había respondido: «Descuida, padre.» Y ahora, abrió el ojo cuando Benito, el contramaestre del *Cantabria,* le dijo:

—Sin el frasco y el naipe, ¿qué sería del marinero en la mar? La mar, muchacho, es un desierto sin arena.

—Bueno, el naipe.

—Esta noche nos hacemos a la mar. Fuera de la ostial, el naipe. ¿Valladolid, dices? ¿No hay en Valladolid un hermoso acueducto?

—Es en Segovia...

—Sí, Segovia... ¿Sabes jugar al póker, *Valladolid?*

—¡Oh, sí!

—¡Magnífico! ... De Valladolid, bien mirado, no recuerdo sino las chicas. Un poco esquivas, ¿no es cierto?

—Sí.

—Yo llevaba un uniforme bien cortado, pero ni por ésas. ¿Quieres hacer el cuarto mañana?

—¿El cuarto?

—En mi cabina; al póker.

—¡Ah, bien! De acuerdo —dijo *Valladolid.*

Dos

Caía la noche y de la amura de babor soplaba una brisa muy fina. Los pesqueros se ponían en movimiento y se oía, a lo lejos, una sirena como el quejido de una mujer ebria. Olía a salitre y a algas y las gaviotas sobrevolaban el mar con una atención suspensa. De la parte de Pedreña la superficie se encrespaba y se poblaba de cabrillas blancas. En el muelle, el bolardo parecía un brazo en tensión, cargando con la responsabilidad del *Cantabria.* El bolardo era, ahora, el capitán, y el capitán, cuando *Valladolid* se presentó a él en la diminuta camareta, era, de pronto, un burócrata concienzudo y borracho. Bebió dos vasos de vino mientras anotó sus datos en el Diario de Navegación. El capitán, como los practicantes, olía intensamente a alcohol. En sus palabras y sus movimientos se descubría una premeditada represión. *Valladolid* observaba su cogote rapado y pensó que aquella cabeza, prematuramente blanca, estaba electrizada y que de tocarla le sacudiría un calambre. El capitán del *Cantabria* mordisqueaba la pluma antes de escribir. Sus dedos grandes y expeditivos tenían una extraña agilidad. Se volvió al muchacho de pronto:

—No le extrañe —dijo—. En la Escuela fui campeón de dedos.

—¿De dedos?

—¿No luchó nunca con los dedos?

—No.

—También se lucha con los dedos. Y yo era campeón.

Valladolid pensó que estaba borracho. Su sonrisa era juvenil, pero no franca; quedaba como sometida a una condición, como si el capitán del *Cantabria* pensase: «Si no tuviera *eso* encima de mí, sonreiría del todo.» Luego enseñó el barco al alumno y le entregó dos faenas de dril y una gorra de plato. *Valladolid* se sentía orgulloso debajo de ella, pero Benito, el contramaestre del *Cantabria*, dijo, al verle: «*Valladolid*, criatura, pareces el *botones* de la Banca Arteche.» Y *Valladolid* pensó en Marita y cuando, a su lado, parecía un hombre ciclópeo. Sonreía, sin embargo, con una limitación predispuesta. «Fuera de Benito, el contramaestre, nadie en este demonio de barco sonríe de verdad», pensaba.

El barco no le gustaba a pesar del concienzudo interés del capitán por enseñárselo. Era sucio y viejo y en las sentinas había ratas. La obra muerta, alterosa y renegrida, no guardaba equilibrio con el casco, y el capitán le dijo que «era un trasto reconstruido». En extraña contradicción con el resto, el puente de mando brillaba como una patena; la rueda del timón, pulcramente barnizada, parecía un objeto de adorno.

—Bueno —dijo *Valladolid*—. ¿Qué velocidad desarrolla?

—Doce millas sin forzar.

—¿Servicio?

—Habitualmente con Plymouth.

El muchacho asió el timón y, de súbito, se sintió un hombre importante.

—¿Yo podría llevarlo?

—Un niño puede llevarlo. Es un barco marinero éste y la pista más ancha que el Paseo del Campo Grande.

—¿Conoce Valladolid?

—¡Oh, Valladolid! ¿Qué razón existe para

que venga al mar un castellano de tierra adentro?

—Eso; el mar.

—¡Vaya!

—Yo siempre deseé lo que no tenía —dijo *Valladolid*.

Tres

La camareta de Benito, el contramaestre del *Cantabria,* le produjo la misma impresión que el camerino de una *vedette* de pocas pretensiones. Olía a axila sudada y a ropa de cama sin ventilar y era tan sórdido y angosto como el de *Valladolid,* siquiera el contramaestre se las arreglase para imbuirle cierto aire de local de esparcimiento. En ninguno de los mamparos se veía la madera; fotografías de periódicos de todas las actrices de Hollywood se exhibían pegadas allí toscamente, unas conservando el pie y otras, las más, recortadas en silueta. Sobre la cama, entre las estampas frívolas, había un cromo de la Purísima con rostro de modistilla:

—La Virgen está en mi pueblo por encima del alcalde —dijo el contramaestre—. En la fiesta hacemos una hoguera en la plaza y los *carcas* arrojan caramelos a los chicos.

Le había acogido con una sonrisa pletórica, la misma sonrisa con que acogió la noche antes los malos humores de don Jesús Beardo, el maquinista del *Cantabria.*

—Siéntate, *Valladolid.* Tomaremos una copa. Eres el primero, ya lo sabes.

Se agachó y, tras un desmanotado forcejeo, abrió el candado de la taquilla y sacó una botella. Sonreía. Aún no hacía tres horas que el *Cantabria* navegaba en mar abierta. Cabeceaba suavemente y *Valladolid* notaba una sensación difusa en las plantas de los pies. Nada en concreto, pero prefería estar sentado. La cabina de Benito tenía dos ojos de buey. El había permanecido una hora larga acodado en la borda contemplando la nada del cielo y el mar. Producía una extraña impresión pensar en Marita en aquellas circunstancias. Ahora deseaba jugar al póker y mirar los naipes del descarte lentamente, uno a uno, exacerbándose la emoción del azar.

—Es una molestia —dijo *Valladolid,* tímidamente. Y miraba, fascinado, los muslos redondos de Sonja Henie, la patinadora.

—¡Bah!, molestias, molestias... Para mí

echar un trago no significa una molestia, sino exactamente lo contrario: me aclara la cabeza y me abre el apetito. Decía mi padre: «El mucho vino mata, pero un poco menos resucita», ¡ja, ja, ja!

Se sentó frente al muchacho y llenó dos vasos:

—El cura de mi pueblo solía decirme: «Conserva el corazón de un niño y serás un niño aunque tengas pelos bajo la nariz y la cabeza monda como una bola de billar.»

—En mi litera hay chinches —dijo *Valladolid* repentinamente disgustado.

—¿Dónde no? Y cucarachas en las taquillas y ratas en las sentinas. ¿Qué imaginaste que era el *Cantabria, Valladolid?* Aprende a llevar el *Cantabria* y podrás llevar mañana el *Queen Mary*. Atiende, muchacho. ¡Mira qué bocas! Mis novias posaron sus labios aquí para que yo las conservase...

Le mostraba un álbum lleno de pequeñas cartulinas blancas, ordenadas de forma simétrica:

—Bueno —dijo el chico, a quien las fotografías de los tabiques perturbaban—: ¿quién es ésa de los muslos, si puede saberse?

El contramaestre del *Cantabria* volvió los ojos con un esfuerzo:

—¡Ah, ja, ja! ... —dijo—. ¿No conoces a

Elizabeth Taylor, criatura? ¿Pudiste vivir este tiempo sin conocer a esa chica? —volvió sobre su álbum, jactanciosamente—: Cuéntalas, *Valladolid,* hijo —añadió—. Suman ochenta y siete. Ochenta y siete bocas que este menda ha probado. Repara, *Valladolid,* muchacho... Repara en estos labios... Dime, ¿qué dice debajo?

—Dice: «Leonisa Altable. Cádiz. Doce febrero mil novecientos treinta y cuatro-once abril mil novecientos treinta y cuatro.»

El contramaestre adoptaba un aire beatífico. Meditó un momento:

—Te soy sincero, *Valladolid;* no recuerdo a esta muchacha y te juro que lo siento. No la recuerdo aunque me esfuerzo en ello.

Valladolid apuró el vaso. Dijo:

—¿No vinimos a jugar al póker?

—Paciencia, hijo. Hemos de e s p e r a r —consultó su reloj de muñeca—; la noche es joven.

Valladolid, el muchacho, sentía el prurito de los naipes en las yemas de los dedos. Le agradaba la sensación del azar; no disfrutaba tanto con la jugada como con la expectativa de la jugada. Los tres billetes del padre, del que no era su padre pero como si lo fuese desde que perdió a Raulito, su medio hermano, le calentaban el corazón. *Valladolid* no dudó que los multiplicaría. Para él, sentarse a jugar equivalía a sentarse a ganar. Era, el juego, una actividad retribuida como otra cualquiera. Sin embargo, desconocía la técnica de la nueva mesa. En Barcelona ya sabía que Martí era aficionado al «pase negro» y a farolear cuando los demás pasaban. Climent, por el contrario, se mostraba moderado y corría el riesgo de comerse su jugada en espera de que fuese otro quien iniciara la puesta. *Valladolid* ignoraba la mecánica de los nuevos compañeros.

Benito, el contramaestre, eructó de pronto:

—Perdona, muchacho —dijo—. El viento es un lastre para el marino, créeme.

Sonreía. Retiró el álbum de la mesa. El estaba sentado sobre la litera y *Valladolid* sobre una redonda banqueta, frente a él.

—Vendrá el maquinista, ¿no es cierto?

—No faltará, hijo.

A *Valladolid* no le gustaba el maquinista y por eso le agradó que viniese. Le placía estrujar a quienes no le eran simpáticos. Al desatracar, seis horas antes, coincidió con él a estribor, mientras el remolcador, fumoso y chillón como un chulo de puerto, arrastraba al *Cantabria* hacia la bocana. *Valladolid* observaba las tensas estachas, el agobiado esfuerzo del barquichuelo:

—Esto es otra cosa —dijo con incipiente entusiasmo—, la mar es otra cosa.

—Esto no es vida. Ni arriba ni abajo es vida —dijo don Jesús Beardo, el maquinista del *Cantabria.*

Se refería a las calderas y al puente, y ni las calderas ni el puente le parecían vida. Tenía un cigarrillo entre los labios y las manos ocultas en los bolsillos.

—Inglaterra —dijo el chico vagamente.

—¿Crees que allí atan los perros con longaniza, muchacho?

Su rostro era alargado y funerario, con las mejillas chupadas y las sienes abultadas. Había en su espalda enjuta, y aun en la manera de proteger la colilla contra el viento, un definitivo aire de enterrador. Pero *Valladolid* no sabía que don Jesús Beardo, el maquinista del *Cantabria,* fue, primero, un hijo único y, después, un huérfano único. Ni sabía lo de la lápida. El padre del maquinista se excedió cuando perdió a la mujer, mas entonces la amaba e ignoraba que se excedía. El creyó honradamente que no tardaría en seguirla y por eso grabó en la piedra: «Espérame. Pronto me reuniré contigo.» Don Jesús Beardo, el maquinista del *Cantabria,* era entonces un pedazo de carne que se movía, pero no sentía. Cuando empezó a sentir conoció la lápida y advirtió que su padre no tenía prisas por reunirse con la difunta. Al morir su padre, al fin, diecisiete años más tarde, alguien añadió en la lápida, tras la fecha de defunción: «Querido, creí que no venías.» Para don Jesús Beardo, el maquinista del *Cantabria,* jovencito sensible y enfermizo, fue aquello un rudo golpe. En todas partes le embromaban y una pequeña novia que tenía, y que apenas le llegaba a la cintura, le dejó plantado acuciada por el recelo de que la informalidad del padre se le contagiara. Entonces empezó para don Jesús Beardo la macabra costumbre de visitar cementerios. Se hizo marino para huir de su ciudad y conocer nuevos cementerios. Le gustaban los cementerios y le agradaba constatar que no fue su padre el único que le hizo a su madre una perrería.

Dijo a *Valladolid,* acodado en la borda, junto a la amura de estribor, en tanto se encendían las luces del puerto:

—Yo pasé por Valladolid en el año quince. ¡Hermosos cipreses!

Habłaba igual que los perros aúllan en la noche, con un matiz de reproche y un filo amenazador.

—En el camposanto de Valladolid tengo yo un mediohermano— dijo *Valladolid.*

—¿Sí?

—Sí. Se llamaba Raulito.

—¿Murió chico?

—Seis años. El padre de él es ahora el padre mío.

—¿Cómo es eso?

Valladolid le explicó. Agregó el maquinista del *Cantabria:*

—¿No hay allí una lápida que dice: «Padres, ¿dónde estáis? ¿Dónde está vuestra virtud? ¿Quién separa la amistad?: Esta piedra y esta cruz»?

—Lo ignoro.

—¿No conoces las lápidas del cementerio de tu ciudad?

Valladolid se atarantó. Don Jesús Beardo parecía un catedrático reconviniéndole.

—No, en efecto —dijo *Valladolid.*

—Malo.

—Malo, ¿qué?

—Tu desinterés.

El capitán asomó por la baranda del puente y voceó una orden a la toldilla con el megáfono. Inmediatamente desapareció. *Valladolid* desvió la conversación:

—¿Y él? —inquirió.

—¿Qué, él?

—Es joven y su pelo es blanco.

—Sí.

—¿Y eso?

—La vida le mordió. La mordedura de la vida es como la de un perro rabioso —dijo el maquinista.

A *Valladolid* le acució la curiosidad. Observaba las cejas pobladas y vencidas de don Jesús Beardo y después miró a la mar. Ahora miró a Benito, el contramaestre del *Cantabria,* e inmediatamente, por encima de su hombro, miró las pantorrillas de Lana Turner. Todo le asombraba en aquel barco. Era, todo, como una intrigante caja de sorpresas. Se encontraba a gusto entre las muchachas del contramaestre. Dijo Benito:

—Don Jesús Beardo, el maquinista, tiene una amiga que se llama Mari Luz.

Valladolid no sabía lo de la lápida.

—Sí —dijo.

—Quiere que les entierren en tumbas distintas. ¿Qué te parece?

—¿Y el capitán? —inquirió el muchacho.

Entró, de súbito, el capitán y *Valladolid* se sofocó.

—Llueve —dijo el capitán— y hace frío.

La vibración sorda de las máquinas ahogaba cualquier otro ruido del exterior. Se despojó el capitán del impermeable y *Valladolid* le miró las manos con cierta perplejidad. «Es campeón de dedos», se dijo.

—El jefe subirá en seguida —dijo Benito, el contramaestre del *Cantabria.*

En este instante la puerta rodó sobre el engargolado y asomó el rostro funerario del maquinista:

—¡Bah! —dijo—. Allá abajo no se puede respirar. Hace más calor que en el mismísimo infierno.

Cuatro

Miguel Páez, que ya era *Valladolid* y cuando pensaba en Ava Gardner presentía un mundo más complicado y difícil que el suyo propio, colocó dos duros en el centro de la mesa. Había empezado por llevarle cinco a Benito, el contramaestre del *Cantabria,* con una escalera máxima. El maquinista observaba a los contrincantes con el rabillo del ojo. Sus dedos afilados separaban una carta de otra mezquinamente. Ponía avaricia en el manoseo de los naipes; una avaricia puntillosa y sórdida.

—Los veo —dijo—. Y pongo tres más.

Valladolid vaciló. Sentía una advertencia en las entrañas; una rara advertencia que era como un vacío. Tal vez fuera el vacío del primer viaje. Este era para *Valladolid* como una recopilación de apostura, megáfono y autoridad. Y mar, el endiablado mar infinito absorbiendo la total intensidad de sus pupilas. Ahora, el primer viaje era una angosta cabina y tres hombres viciosos y el presentimiento de Ava Gardner, Elizabeth Taylor y Sonja Henie. Y sus efigies y las efigies de sus muslos. El *Cantabria* cabeceaba. El capitán dijo: «Hay mar de fondo.» Y *Valladolid* no se explicaba por qué la mar de fondo se acusaba en la superficie. Entró con dos jotas y dos ases y en el descarte llegó una «Q». Vaciló, de nuevo.

—Van —dijo, al fin.

—Tres ochos.

—Valen.

—¿Qué tienes, *Valladolid?* —preguntó Benito, el contramaestre.

—Figuras, sólo.

Por encima del hombro del contramaestre veía la belleza obsesionante de Elizabeth Taylor. «Esa mujer debió besar mucho en la vida», pensó *Valladolid.* También él besó una vez a Marita en el cinema Roxy, viendo *El bailarín pirata,* en technicolor. Lo hizo torpemente, prematuramente, y lastimó la nariz a la muchacha, que se resistía; y ella le regañó. Le dejó un regusto desolado el primer beso. Era probable que el capitán del *Cantabria* hubiera besado más de una vez. Sus labios eran finos y elásticos y después de beber un vaso se estiraban con satisfacción. *Valladolid* llevaba la cuenta de los vasos que bebía el capitán. También le sorprendía su modo de manejar las cartas con una sola mano, mientras que la otra sostenía el vaso. Para el capitán del *Cantabria* pensar en Ava Gardner era exactamente acentuar la distancia que le separaba de Ava Gardner. Con suma facilidad abría las cartas en abanico, una en cada dedo, tal cual si los dedos fuesen las varillas del abanico:

—Voy —dijo.

—Paso —dijo el maquinista observándole torvamente.

—Voy —dijo *Valladolid,* y no tenía más que una pareja de nueves.

La suerte le volvía la espalda y pidió otro resto de diez duros. Bien pensado, no había prisas. El dedicaba su atención preferentemente a estudiar a sus compañeros. Observó que si Benito sacaba el pañuelo del bolsillo y se secaba las manos, tenía de escalera para arriba. Al maquinista solía alargársele la cara cuando ligaba. Descubría los naipes con una lentitud agobiante. Por contra, el contramaestre del *Cantabria* jugaba alegremente, aun sin arriesgarse demasiado. Para Benito, el contramaestre, pensar en Ava

Gardner era como tener a Ava Gardner, particularmente desde que la viera descender del 7532 de la U. S. Air Force.

—Cinco duros —dijo Benito, y se secó las manos con el pañuelo.

—Veo —dijo el capitán cerrando el abanico.

Valladolid se dijo: «Estoy en un barco de verdad. Es éste mi primer viaje.» El capitán del *Cantabria* pensó: «Definitivamente solo.» Y recordó a Julia, aquella morenita del cuerpo obsesionante. Julia, la chiquilla, fue su mujer. Ella le decía: «Quiero viajar, cariño.» El dijo: «Si me caso contigo te llevaré a América.» Julia añadió: «Cásate conmigo.» El la llevó a Buenos Aires cuando se casaron. En la camareta, que era mezquina como todas las camaretas, ella le dijo diabluras. Pero luego, en Buenos Aires, desapareció. Hacía diez años que Julia desapareció y aún ignoraba el capitán del *Cantabria* por qué clase de hombre le había cambiado. Su mano se crispó imperceptiblemente sobre la mesa, sujetando los naipes, y con la otra se llevó el vaso a los labios y bebió. El maquinista observó la fotografía de Ava Gardner e imaginó una lápida rodeada de flores en los hermosos jardines de Hyde Park: «Aquí yace Ava Gardner, la actriz más hermosa de su época.» Tal vez algún insensato, como su padre, la apremiase a esperar. Pero ya no sería Ava Gardner, sino los huesecitos de Ava Gardner, bonitos, blancos y proporcionados, los que esperasen. Acababa de decidir que su amiga Mari Luz se había vuelto respetable y fondona. Ahora, mientras *Valladolid* barajaba torpemente, el mar azotaba los costados del *Cantabria* y el rumor se hacía claramente perceptible. En el puente también era perceptible, minutos antes, el rumor del mar mientras el capitán le mostraba la bitácora. La proa del *Cantabria* se hundía intermitentemente en las aguas grises con cierta majestad. *Valladolid* había pensando entonces en su infancia cuando incendiaba barquitos de papel en un balde de agua. Y luego, en sus devaneos por el Pisuerga pilotando una barca de dos remos. El *Catarro* le fiaba los viajes y, a veces, ni siquiera le recordaba su deuda. «Hoy no tengo cuartos, *Catarro.*» «¿Cuándo sí?», decía el *Catarro* y rompía a reír. El *Catarro* conocía el lecho del Pisuerga como su propio lecho. Ningún ahogado se le resistía. Rastreaba con inteligencia y sin precipitaciones. El sabía como nadie la querencia de las aguas para arrastrar a sus muertos y dependía del caudal, de la estación y de la fuerza de la corriente el rastrear el Vivero antes que la Pesquera o a la inversa. *Valladolid* pasaba tardes enteras junto al *Catarro* en el Sobaco, ante un porrón de vino tinto.

—*Catarro* —le decía—. ¿Es cierto que un barco al hundirse forma un remolino que arrastra cuanto le rodea?

Los dientes del *Catarro* estaban careados, lo que no impedía que en la ciudad fuese una institución benéfica.

—Según —decía.

Los chopos se erguían en las márgenes y delimitaban orgullosamente el cauce del río. Entonces *Valladolid* no era aún *Valladolid* y contaba solamente catorce años.

—*Catarro* —inquiría—. ¿Es cierto que hueles los ahogados?

—No es cierto. ¿Quién dijo tal?

—¿Por qué los encuentras todos?

—Conozco mi oficio.

—Dime, *Catarro,* ¿por qué si uno sabe nadar flota sin moverse y cuando no sabe se hunde?

—El miedo pesa, hijo.

Una tarde, *Valladolid* le confesó:

—¿Sabes que voy a ser marino, *Catarro?*

Entonces él, *Valladolid,* intuyó su primer viaje y notó una emoción de virginidad. El *Catarro* le acarició el cogote, orgulloso de su magisterio.

Benito, el contramaestre del *Cantabria,* se secó las manos obstinadamente. *Valladolid* se sobrecogió. Acababa de ligar un ful de jotas-nueves. Miró las manos del capitán y el capitán bebió otro vaso de vino. *Valladolid* reparó que había perdido la cuenta.

—Ficho —dijo tímidamente.

—Diez duros para verlo —dijo el contramaestre.

Apuñaba el pañuelo mientras *Valladolid* pensaba: «Tú sabes que esto no sobra.» Su padre, el que no era su padre, el revisor de la Compañía de FF. CC. del Norte, tenía el rostro azulado y la boca entre paréntesis. Según decía él, aquello era por haber reído mucho. «Todo lo que reí de niño me tocó llorar luego», afirmaba después del entierro de Raulito, su mediohermano. La gorra de plato de su padre le imprimía un aire marcial. ¡Lástima del tono azulado de su piel! *Valladolid* cerró los ojos:

—Veo —musitó.

—Color —dijo triunfalmente Benito, el contramaestre del *Cantabria.*

Valladolid sintió que las orejas le abrasaban. Dijo:

—Otro resto.

Cinco

A Marita le decía diez días antes, sentados en un banco de los jardincillos del Poniente: «El capitán en un barco es como Dios, ¿sabes?» «¿Sí?», inquirió ella. «Sí», respondió él con firme acento de convicción: «Puede incluso casarte si así lo deseas», agregó. «¡Oh!, ¿por qué no nos casamos en un barco?», dijo ella, repentinamente iluminada. «Puedes hasta hacer testamento delante del capitán», continuó impávido *Valladolid,* que aún no lo era, ni conocía a Elizabeth Taylor. «¿Es cierto que un capitán de barco puede echarte la bendición?» «Bueno —confesó, al fin, *Valladolid*—, no sé exactamente si el matrimonio que hace un capitán vale para la Iglesia o sólo para lo civil.» Repentinamente Miguel

Páez experimentó deseos de besar a Marita porque era hermosa, y anochecía, y los jardines del Poniente estaban desiertos, y cuatro soldados hacían coro desde una ventana del cuartel de San Quintín. Estudió, incluso, el procedimiento para no lastimarle la nariz como el primer día. Finalmente desistió porque Marita estaba ajena a su persona y pensaba en las atribuciones del capitán de barco.

El dijo:

—Un capitán es casi como un Dios. Yo te contaré de mi primer viaje.

El capitán del *Cantabria* bebió otro vaso y fichó. El maquinista descubría las cartas con parsimonia y desconfianza. Prefería los *tréboles* y los *pics* porque eran de color negro. El rojo le lastimaba.

—Hablas, Beardo —dijo el capitán.

—Ficho.

—Y yo —dijo Benito.

—Yo también —dijo *Valladolid,* a quien le iba creciendo en el pecho un sentimiento de decepción.

—Dos parejas —dijo el maquinista, adelantando sobre la mesa su rostro funerario.

Benito, el contramaestre del *Cantabria,* tomó las cartas y barajó. El contramaestre del *Cantabria* desconocía la envidia porque era el sexto de catorce hermanos, y Nicanor, el primogénito, se quedó con la taberna de su padre sin compensarles. No sentía envidia porque para él pensar en Ava Gardner era como tener a Ava Gardner y pensar en la tasca de su hermano Nicanor era como tener la tasca de su hermano Nicanor. Y cuando cumplió catorce años, su madre le llamó aparte y le dijo: «Nito, habrás de ir pensando en labrarte un porvenir.» El siempre ambicionó viajar, pero no tenía dinero. «Está claro», dijo. Y antes de cumplir los quince se fue al mar. Desde entonces no volvió por su pueblo. Ahora no importaba su pueblo, sino ligar un hermoso póker de ases.

A *Valladolid*, el muchacho, le pesaba la cabeza y notaba una sensación amarga en la boca del estómago. Una vez le dolió el estómago y su padre, el que no era su padre, le llevó al especialista y *Valladolid* hubo de orinar en una copa y beberse el contenido de otra copa y la sensación que notó más tarde era análoga a la que sentía ahora. Sin él darse cuenta, se le iba haciendo trizas dentro, tal vez en el estómago, la ilusión de su primer viaje: «El mar, el poder, la tempestad.» No era eso el primer viaje, sino vino, naipes, ambiente enrarecido y un pesado movimiento de vaivén. Su padre, el revisor de la Compañía de FF. CC. del Norte, le dijo cuando él le comunicó que deseaba ser marino: «Chico, eso no puede estudiarse aquí.» Luego hizo números, estrujó su buena voluntad y pensó en Raulito: «Bien mirado, estudia lo que gustes, hijo», le invitó. Y, a continuación, le dijo: «¿Sabes qué edad tendría ahora Raulito?» «Tal vez ocho», respondió *Valladolid*. «Nueve y dos meses exactamente», dijo el revisor contrayendo amargamente su rostro azulado. Añadió *Valladolid:* « ¡Qué barbaridad, padre, cómo pasa el tiempo! » El revisor se puso melancólico: «Te irás al mar, chico, y te olvidarás de mí y de nuestro pobre mundo.» *Valladolid* odiaba las expansiones sentimentales, excepto con la pequeña Marita. Oprimió, como suprema concesión, la mano grande del revisor, aquella mano que, sin darlo importancia, había horadado más de un millón de billetes de ferrocarril, y dijo, solemnemente: «Padre, le dedicaré a usted todas las emociones de mi primer viaje. Se lo prometo.»

Seis

Era, ahora, su primer viaje y el mar era para *Valladolid* una circunstancia lejana. Pero tenía vino a mano y bebió para olvidar el rostro azulado de su padre, que, en puridad, no era su padre, que le perseguía en sus recuerdos como una sombra. Y para olvidar su primer viaje. Le temblaba levemente la mano al dejar el vaso. Recordó al profesor Pisa Teruel, con su gravedad aplomada: «El mar, chiquitos; esa escuela de duras costumbres.» A su lado, don Jesús Beardo, el maquinista del *Cantabria*, descubría las cartas con un regodeo dilatorio, esquina por esquina.

—Una vez, en Montecarlo, gané diez mil francos en tan sólo media hora —dijo el contramaestre, eructando, sin que los demás lo advirtieran.

Dijo *Valladolid*, que había solicitado un nuevo resto y que pensaba en su padre y en los tres billetes que no le sobraban y que hasta unos minutos antes habían arropado su corazón:

—¿Cómo fue su primer viaje?

El maquinista dio cartas y pensó en su amiga Mari Luz, que no se parecía a ninguna de las muchachas que decoraban la camareta del contramaestre. Estaba contrariado, pero no sentía curiosidad por conocer los motivos. Dijo Benito, para quien la envidia no tenía sitio en el mundo:

—Nos sorprendió un temporal frente a las Azores y yo estaba en la cofa y dije: «Mi capitán, hay luces próximas a estribor.» El capitán era un endiablado erudito y dijo: «En tal sitio como el que estamos se dio la batalla de San Miguel.» Y se cuadró en la cubierta, mas un golpe de mar rompió de pronto contra la amura y le dejó hecho una sopa. ¡Ja, ja, ja...!

El capitán dijo:

—Mi primer barco fue el *San Roque;* era un barco carbonero. Cuando salí por primera vez ya estaba liada la guerra del catorce y los ingleses decían de los alemanes que eran unos hijos de perra. Los alemanes decían de los ingleses que eran unos zorros y cuando divisamos el hidro derribado y flotando sobre las aguas, yo pensé que el avión que ametrallaba a los náufragos era el de los hijos de perra.

—¿Era, por casualidad, inglés? —dijo *Valladolid,* a quien se le recrudecía la sensación de vacío y la pesadez de la cabeza.

—Yo no dije eso —dijo el capitán.

—Bien, la batalla de San Miguel... —dijo *Valladolid.*

El contramaestre y el capitán carraspearon banalmente. El maquinista dijo, irritado:

—Estamos jugando al póker, ¿no es eso?

Tan sólo seis o siete días antes, *Valladolid* le decía a Marita mientras recorrían el paseo alto de las Moreras con los dedos enlazados: «En mi opinión personal, el primer viaje es definitivo. Entonces puedes decir con conocimiento de causa si te gusta el mar o si te has equivocado.» Ella le oprimió la mano y, con este apretón, él tuvo conciencia de su propio relieve: «No te preocupes, hijita, mi vocación es una cosa sólida.» Ella dijo: «Me gustaría despedirme de ti bailando. En mis recuerdos te tendría más cerca.» Por la tarde, cuando anochecía, *Valladolid* la llevó a bailar a las Piscinas Samoa y Marita tenía los ojos iluminados, transida la mirada de una blanda emoción marina. Recostaba la cabeza en su hombro y tarareaba suavemente *El gato montés,* que era el pasodoble que el altavoz desgranaba, con un punto de acritud, en ese instante. El la acompañó, luego, a una mesa apartada, junto al agua. « ¡Qué piscinita! », dijo él despectivamente. Marita se miró en sus ojos: «El mar, ¡oh, Dios! , el mar», dijo como arrobada.

Valladolid, ahora, no tenía otra sensación del mar que el desasosegado y creciente movimiento de vaivén y la oscilación de la lámpara en el techo de la camareta. Le aumentaba en el estómago una indefinible sensación de malestar. *Valladolid* lo atribuía a la adversidad de la suerte. Había alcanzado ese nivel fatídico en que el jugador se desmoraliza. Perdió la fe en las cartas y las cartas se le negaban. Por un instante experimentó deseos de llorar al comprobar que una vez tras otra se rompían las posibilidades de ligar jugada. Odiaba de pronto el sistema mezquino de descubrir las cartas que empleaba el jefe de máquinas, el pañuelo de Benito, el contramaestre, y la ductilidad de dedos y el cogote blanco del capitán. Se le antojaba que el desinterés favorecía y él no se sentía capaz de desinteresarse de la partida. Administraba el último resto y, al final, tendría que retirarse. Le temblaban ligeramente los dedos, tenía los ojos turbios y las orejas encarnadas, cuando le correspondió barajar. Levantó sus cinco cartas y advirtió, en seguida, su buena disposición; no vio el ful de «kas» en el primer momento, pero sí reparó en la buena disposición de los naipes.

—Paso —dijo el capitán.

—Voy a duro —dijo el contramaestre.

—Dos —dijo *Valladolid*.

También el capitán entró con dos duros.

—Tres cartas —dijo el maquinista.

—Una —dijo Benito, el contramaestre, y en ese instante extrajo el pañuelo del bolsillo y se limpió las palmas de las manos.

Valladolid se estremeció. «Tiene póker servido», pensó. De otro modo hubiera esperado el descarte para sacar el pañuelo. Levantó los ojos y miró fijamente, impúdicamente, a Benito, el contramaestre del *Cantabria*. *Valladolid* creyó intuir en sus pupilas la confusión que inspira una gran jugada. «Me quiere enredar con su póker. ¡Maldito! », se dijo.

—¡Quince duros! —dijo Benito, y volvió a limpiarse las manos en el pañuelo.

El corazón de *Valladolid* pulsaba más de prisa que las calderas del *Cantabria*. Unas gotas de sudor frío le resbalaron por los sobacos. Levantó sus cartas y se recreó una vez más en la jugada: tres «kas» y dos «nueves». Era una bella y laboriosa jugada. Seis horas ininterrumpidas le costó elaborarla. «El muy granuja me quiere enredar con su póker servido», pensó *Valladolid.* «Se ha limpiado las manos antes de mirar el descarte.» Conservaba un resto de siete duros, pero era cuanto conservaba de lo que a su padre, que, bien mirado, no era su padre, no le sobraba. Vaciló. El silencio era tan hondo que el roce del costado contra las olas producía un rumor insoportable. Recordó las palabras de Martí en Barcelona; Martí era un buen jugador: «El secreto del póker no estriba tanto en ligar como en saber retirarse a tiempo.» La evocación decidió la actitud de *Valladolid.* Arrojó sus cartas sobre la mesa y, al hacerlo, se sintió descargado de una seria responsabilidad:

—Me voy —dijo, y respiró.

También respiró Benito, el contramaestre, quien sin nadie pedírselo exhibió un proyecto frustrado de escalera de color. Dijo:

—Quiero enseñarlo. Es el primer farol de toda la noche. Pasé un mal rato, lo confieso.

Valladolid se puso en pie de golpe. Y experimentó una vaga reminiscencia de los tiempos en que él era un hombre fuerte y viril y Marita buscaba en su persona un punto de apoyo. Estaba tan pálido que parecía más niño, tal vez un poco delicado. Ahora el cabeceo del *Cantabria* se acusaba directamente sobre su estómago. Era como si tuviese dentro de él una horrible música de jazz.

—Me retiro, señores —dijo—. Estoy... bien...; estoy un poco mareado.

Los tres hombres curtidos, que eran prácticamente tres semidioses para *Valladolid*, se miraron entre sí y comprendieron. El maquinista juntó las cartas y comenzó a barajar lentamente. Dijo el contramaestre:

—No te preocupes, *Valladolid*, muchacho. Es éste tu primer viaje.

Siete

«Mi primer viaje», pensó *Valladolid* mientras, en el angosto pasillo, daba bandazos angustiosos, perdido por entero el control. Notaba como una tenaza comprimiéndole las vísceras y como si el bum-bum de las máquinas se produjera exactamente dentro de su cerebro. «Tú sabes que esto no sobra...» «Nos sorprendió un temporal a la altura de las Azores...» «Me gustaría despedirme de ti bailando...» «Cuando salí por primera vez ya estaba liada la guerra del catorce...» *Valladolid* avanzaba a trompicones. A veces le parecía que sus piernas eran pequeñitas y, a veces, que sus piernas habían de alargarse inverosímilmente hasta encontrar un punto de apoyo. Era incapaz de acomodar sus movimientos a los movimientos del navío. Ahí radicaba su confusión. El suelo y los mamparos venían a su encuentro cuando menos lo esperaba. Intuyó tan próxima la muerte que pensó en su padre, en el que, en puridad, no era padre suyo, sino de Raulito, su mediohermano muerto, y tuvo conciencia nebulosa de su negra traición.

Cuando vomitó por tercera vez, inclinado sobre la borda, experimentó algo así como un modesto renacimiento. Amanecía por la amura y la mar se extendía gris ante él, abierta en grandes baches, pero sin espuma. Se constató tan absurdo y débil como absurda y débil se constataba Marita cuando recostaba su ligera cabeza sobre su hombro. El, entonces, era un orgullo de hombre, poderoso y desafiante. El mar reducía la importancia de las cosas. Y cuando vio a Luis, el joven repostero del *Cantabria*, redondear los ojos a su lado, no experimentó vergüenza, sino una extraña ventura. Y cuando Luis, el repostero del *Cantabria*, le dijo: «¿No es hermoso el mar?», creyó en la posibilidad de que el mar pudiera resultar efectivamente hermoso aunque él, *Valladolid*, de momento le odiase. Y *Valladolid* pensó que si el mar era hermoso no lo era desde una cabina hedionda donde él desbarataba lo que no sobraba a su padre.

Dijo Luis, acercándosele al corazón con su espontánea sonrisa infantil:

—Usted es de Valladolid, ¿no es cierto? Bueno, yo soy de Villamarciel.

—¡Oh! —exclamó *Valladolid,* quien volvía por instantes a sentirse entero y sólido—. Una vez en Villamarciel maté yo un pato. Era diciembre y la corriente lo arrastraba y yo me dije: «Si no me zambullo, lo pierdo.» Y me zambullí y, contra lo que esperaba, el agua no estaba fría.

Luis, el joven repostero del *Cantabria,* le escuchaba con tanta atención que *Valladolid* iba reconstruyéndose espiritualmente a pasos acelerados.

Luis, el repostero, dijo:

—Yo cazaba los patos de madrugada, oculto entre los carrizos de la isla. Bajaban en grandes bandos a la confluencia y la *Moña,* una perrita que no abultaba lo que un pato, permanecía quieta mientras yo no la dijera: « ¡Hala, perrina, a por él! »

—¿No abultaba lo que un pato y no se acobardaba?

—Una mañana me cobró catorce patos —dijo Luis.

—¿Ella sola?

—Yo no hacía más que animarla desde la orilla.

—Bien. ¿Tú puedes decirme, hijo, por

qué un hombre a veces se siente empequeñecido?

Luis, el repostero del *Cantabria,* le miró un momento perplejo y, luego, rompió a reír. No le comprendía. *Valladolid,* ahora, deseaba vehementemente que Luis, el joven repostero del *Cantabria,* no le hubiera visto inclinarse sobre la borda y vomitar. En la proa, dos marineros comenzaban a baldear la cubierta. Agregó Luis:

—Hace una hora nos cruzamos con el *Queen Mary.* Aunque ya amanecía, llevaba dadas todas las luces y parecía un palacio flotante.

—¿Pasó el *Queen Mary* junto a nosotros?

—A menos de una milla de distancia, señor.

—¡Diablo!

—Me gusta estar sobre cubierta en la amanecida porque se ven los peces voladores con frecuencia.

—¿Viste también peces voladores, hijo?

—Dos rebaños tremendos.

—¡Diablo!

Valladolid pensó: «Mi primer viaje.» Pensó: «Escribiré a Marita: 'He visto el *Queen Mary,* que es un palacio flotante, con todas sus luces encendidas, y dos enormes rebaños de peces voladores.' También lo escribiría a su padre, que, con mayor exactitud, no era su padre, sino el de Raulito, su mediohermano. En realidad, tendría que decirles: 'En mi primer viaje no vi sino un ful de *kas* que me pisó el contramaestre con un cochino farol, y las piernas de Sonja Henie, esa patinadora rubia de Hollywood.'» Luego pensó que lo que viera Luis, el joven repostero del *Cantabria,* bien pudo verlo él y que más ganaba diciéndole a su padre que vio al *Queen Mary* en su primer viaje que no que había perdido los tres billetes que a él no le sobraban. «Sí —decidió mentalmente—; escribiré: 'En mi primer viaje me crucé con el *Queen Mary.* Amanecía, pero, no obstante, llevaba dadas todas las luces y parecía un palacio flotante. A popa vi la piscina y la pista de tenis y... y el campo de golf.'»

Permaneció un momento caviloso *Valladolid,* cuyo estómago se iba serenando y que ya no se creía un pobre diablo, sino un hombre importante. La inmensidad del mar le emborrachaba. Se volvió a Luis, el repostero del *Cantabria,* que bien mirado no era más que un chiquillo:

—Dime, *Villamarciel,* muchacho, ¿lleva, por casualidad, el *Queen Mary* campo de golf?

Relato segundo

El refugio

Vibraba la guerra en el cielo y en la tierra entonces, y en la pequeña ciudad todo el mundo se alborotaba si sonaban las sirenas o si el zumbido de los aviones se dejaba sentir, muy alto, por encima de los tejados. Era la guerra y la vida humana, en aquel entonces, andaba baja de cotización y se tenía en muy poco aprecio, y tampoco preguntaba nadie, por aquel entonces, si en la ciudad había o no objetivos militares, o si era un centro industrioso o un nudo importante de comunicaciones. Esas cosas no importaban demasiado para que vinieran sobre la ciudad los aviones, y con ellos, la guerra, y con la guerra la muerte. Y las sirenas de las fábricas y las campanas de las torres se volvían locas ululando o tañendo hasta que los aviones soltaban su mortífera carga y los estampidos de las bombas borraban el rastro de las sirenas y de las campanas del ambiente y la metralla abría enormes oquedades en la uniforme arquitectura de la ciudad.

A mí, a pesar de que el *Sargentón* me miraba fijamente a los ojos cuando en el refugio se decían aquellas cosas atroces de los emboscados y de las madres que quitaban a sus hijos la voluntad de ir a la guerra, no me producía frío ni calor porque sólo tenía trece años y sé que a esa edad no existe ley, ni fuerza moral alguna, que le fuerce a uno a ir a la guerra y sé que en la guerra un muchacho de mi edad estorba más que otra cosa. Por todo ello no me importaba que el *Sargentón* me mirase, y me enviara su odio cuidadosamente envuelto en su mirada; ni que me refrotase por las narices que tenía un hijo en Infantería, otro enrolado en un torpedero y el más pequeño en carros de asalto; ni cuando añadía que si su marido no hubiera muerto andaría también en la guerra, porque no era lícito ni moral que unos pocos ganaran la guerra para que otros muchos se beneficiaran de ello. Yo no podía hacer nada por sus hijos y por eso me callaba; y no me daba por aludido porque yo tampoco pretendía beneficiarme de la guerra. Pero sentía un respiro cuando el *Cigüeña,* el guardia que vigilaba la circulación en la esquina, se acercaba a mí con sus patitas de alambre estremeciéndose de miedo y su ojo izquierdo velado por una nube y me decía, con un vago aire de infalibilidad, apuntando con un dedo al techo y ladeando la pequeña cabeza: «Esa ha caído en la estación», o bien: «Ahora tiran las ametralladoras de la catedral; ahí tengo yo un amigo», o bien: «Ese maldito no lleva frío; ya le han tocado.» Pero quien debía llevar frío era él, porque no cesaba de tiritar desde que comenzaba la alarma hasta que terminaba.

A veces me regocijaba ver temblar como a un azogado al *Cigüeña,* allí a mi lado, con las veces que él me hacía temblar a mí por jugar al fútbol en el parque, o correr en bicicleta sin matrícula o, lisa y simplemente, por llamarle a voces *tío Cigüeña* y *Patas de alambre.*

Sí, yo creo que allí entre toda aquella gente rara y con la muerte rondando la ciudad, se me acrecían los malos sentimientos y me volvía yo un poco raro también. A la misma *Sargentón* la odiaba cuando se irritaba con cualquiera de nosotros y la tomaba asco y luego, por otro lado, me daba mucha pena si cansada de tirar puyas y de provocar a todo el mundo se sentaba ella sola en un rincón, sobre un ataúd de tercera, y pensaba en los suyos y en las penalidades y sufrimientos de los suyos. Y lo hacía en seco, sin llorar. Si hubiera llorado, yo hubiera vuelto a tomarla asco y a odiarla. Por eso digo que todo el mundo se volvía un poco raro y contradictorio en aquel agujero.

En contra de lo que les ocurría a muchos, que consideraban nuestra situación como un mal presagio, a mí no me importaba que el sótano estuviera lleno de ataúdes y no pudiera uno dar un paso sin toparse de bruces con ellos. Eran filas interminables de ataúdes, unos blancos, otros negros y otros de color caoba reluciente. A mí, la verdad, me era lo mismo estar entre ataúdes que entre canastillas de recién nacido. Tan insustituibles me parecían unos como otras y me desconcertaba por eso la criada del principal que durante toda la alarma no cesaba de llorar y de gritar que por favor la quitasen «aquellas cosas de encima»; como si aquello fuese tan fácil y ella no abonase a Ultratumba, S. A., una módica prima anual para tener asegurado su ataúd el día que la diñase.

En cambio a don Serafín, el empresario de Pompas Fúnebres, le complacía que viésemos de cerca el género y que la vecindad de los aviones nos animase a pensar en la muerte y sobre la conveniencia de conservar incorruptos nuestros restos durante una temporada. Lo único que le mortificaba era la posibilidad de que los ataúdes sufrieran deterioro con las aglomeraciones y con los nervios. Decía:

—Don Matías, no le importará tener los pies quietecitos, ¿no es cierto? Es un barniz muy delicado éste.

O bien:

—La misma seguridad tienen ustedes aquí que allá. ¿Quieren correrse un poquito?

También bajaba al refugio un catedrático de la Universidad, de lacios bigotes blancos y ojos adormecidos, que, con la guerra, andaba siempre de vacaciones. Solía sentarse sobre un féretro de caoba con herrajes de oro, y le decía a don Serafín, no sé si por broma:

—Este es el mío; no lo olvides. Lo tengo pedido desde hace meses, y tú te has comprometido a reservármelo.

Y daba golpecitos con un dedo, y como con cierta ansiedad, en la cubierta de la caja, y la ancha cara de don Serafín se abría en una oscura sonrisa.

—Es caro —advertía.

Y el catedrático de la Universidad decía:

—No importa; lo caro, a la larga, es barato.

Y la criada del principal hacía unos gestos patéticos y les rogaba, con lágrimas en los ojos, pero sin abrirlos, que no hablasen de aquellas cosas horribles, porque Dios les iba a castigar.

Y la ametralladora de San Vicente, que era la más próxima, hacía de cuando en cuando: «Ta-ca-tá, ta-ca-tá, ta-ca-tá.» Y el tableteo cercano dejaba a todos en suspenso, porque barruntaban que era un duelo a muerte el que se libraba fuera y que era posible que cualquiera de los contrincantes tuviera necesidad de utilizar el género de don Serafín al final.

Las calles permanecían desiertas durante los bombardeos, y las ametralladoras, montadas en las torres y azoteas más altas de la ciudad, disparaban un poco a tontas y a locas y los tres cañones que el Regimiento de Artillería había empotrado en unos profundos hoyos, en las afueras, vomitaban fuego también, pero habían de esperar a que los aviones rondasen su radio de acción, porque carecían casi totalmente de movilidad, aunque muchas veces disparaban sin ver a los aviones con la vaga esperanza de ahuyentarlos. Y había un vecino en mi casa, en el tercero, que era muy hábil cazador, y en los primeros días hacía fuego también desde las ventanas, con su escopeta de dos cañones. Luego, aquello pasó de la fase de improvisación, y a los soldados espontáneos, como mi vecino, no les dejaban tirar. Y él se consumía en la pasividad del refugio, porque entendía que los que manejaban las armas antiaéreas eran unos ignorantes y los aviones podían cometer sus desaguisados sin riesgo de ninguna clase.

En alguna ocasión bajaba también al refugio don Ladis, que tenía una tienda de ultramarinos en la calle de Especería, afluente de la nuestra, y no hacía más que escupir y mascullar palabrotas. Tenía unas anacrónicas barbitas de chivo, y mi madre le gastaba poco por las barbas, porque decía que en un establecimiento de comestibles las barbas hacen sucio. A don Ladis le llevaban los demonios de ver a su dependiente amartelado en un rincón con una joven que cuidaba a una anciana del segundo. El dependiente decía en guasa que la chica era su refugio, y si hablaban lo hacían en cuchicheos, y cuando sonaba un estampido próximo, la muchacha se tapaba el rostro con las manos y el dependiente le pasaba el brazo por los hombros en ademán protector.

Un día, el *Sargentón* se encaró con don Ladis y le dijo:

—La culpa es de ustedes, los que tienen negocios. La ciudad debería tener ya un avión para su defensa. Pero no lo tiene porque usted y los judíos como usted se obstinan en seguir amarrados a su dinero.

Y era verdad que la ciudad tenía abierta una suscripción entre el vecindario para adquirir un avión para su defensa. Y todos sabíamos, porque el diario publicaba las listas de donantes, que don Ladis había entregado quinientas pesetas para este fin. Por eso nos interesó lo que diría don Ladis al *Sargentón*. Y lo que le dijo fue:

—¿Nadie le ha dicho que es usted una enredadora y una asquerosa, doña Constantina?

Todo esto era también una rareza. Dicen que el peligro crea un vínculo de solidaridad. Allí, en el refugio, nos llevábamos todos como el perro y el gato. Yo creo que el miedo engendra otros muchos efectos además del de la solidaridad.

Me acuerdo bien del día en que el *Sargentón* le dijo a don Serafín, el empresario de Pompas Fúnebres, que él veía con buenos ojos la guerra porque hacía prosperar su negocio. Precisamente aquel día habían almacenado en el sótano unas cajitas para restos, muy rematadītas y pulcras, idénticas a la que don Serafín prometió a mi hermanita Cristeta, años antes, si era buena, para que jugase a los entierros con los muñecos. A mi hermana Cristeta y a mí nos tenía embelesados aquella cajita tan barnizada del escaparate que era igual que las grandes, sólo que en pequeño. Por eso don Serafín se la prometió a mi hermanita si era buena. Pero Cristeta se esmeró en ser buena una semana y don Serafín no volvió a acordarse de su promesa. Tal vez por eso aquella mañana no me importó que el *Sargentón* dijese a don Serafín aquella cosa tremenda de que no veía con malos ojos la guerra porque ella hacía prosperar su negocio.

Don Serafín dijo:

—¡Por amor de Dios, no sea usted insensata, doña Constantina! Mi negocio es de los que no pasan de moda.

Y don Ladis, el ultramarinero, se echó a reír. Creo que don Ladis aborrecía a don Serafín, por la sencilla razón de que los muertos no necesitan ultramarinos. Don Serafín se encaró con él:

—Cree el ladrón que todos son de su condición —dijo.

Don Ladis le tiró una puñada, y el catedrático de la Universidad se interpuso. Hubo de intervenir el *Cigüeña,* que era la autoridad, porque don Serafín exigía que encerrase a el *Sargentón,* y don Ladis, a su vez, que encerrase a don Serafín. En el corro sólo se oía hablar de la cárcel, y entonces el dependiente de don Ladis pasó el brazo por los hombros de la muchachita del segundo, a pesar de que no había sonado ninguna explosión próxima, ni la chica, en apariencia, se sintiese atemorizada.

De repente, la sirvienta del principal se quedó quieta, escuchando unos momentos. Luego se secó, apresuradamente, dos lágrimas con la punta de su delantal, y chilló:

—¡Ha terminado la alarma! ¡Ha terminado la alarma!

Y se reía como una tonta. En el corro se hizo un silencio y todos se miraron entre sí, como si acabaran de reconocerse. Luego fueron saliendo del refugio uno a uno.

Yo iba detrás de don Serafín, y le dije:

—¿Recuerda usted la cajita que prometió a mi hermana Cristeta si se comportaba bien?

El volvió la cabeza y se echó a reír. Dijo:

—Pobre Cristeta; ¡qué bonita era!

Fuera brillaba el sol con tanta fuerza que lastimaba los ojos.

Relato tercero

Una peseta para el tranvía

Llovía recio y, en un segundo, la calle principal se quedó vacía. Los anuncios luminosos parecían algo desteñidos y el altavoz hiriente de un establecimiento de gramófonos era un insulto en el silencio y la intemperie de la calle. Pero el muy insensato seguía sonando mientras seguía lloviendo.

Y él pensó: «La dije que iría pronto y llueve y he olvidado la cartera y no dispongo de un céntimo para el tranvía, y si pesco a correr voy a ponerme como una sopa, y si me meto en un portal llegaré tarde y ella se morirá de tedio esperando; si pasase algún conocido le pediría una cochina peseta, pero a un desconocido no me atrevo, y si me asegurasen que el revisor del tranvía era ese de los granos y el pelo rojo, subiría sin dinero porque es simpático y sabe que le pagaría mañana y me fiaría el viaje; pero no sabiéndolo es mejor esperar; claro que esperando y dando vueltas al asunto no adelanto nada y ella estará aguardándome impaciente y se enfadará si me retraso, y si se enfada me estropea la noche y me estropea el humor y me estropea el negocio.»

Pasó veloz un taxi y el murmullo de los neumáticos en el asfalto mojado le puso fuera de sí. Fue otro insulto. Entonces él miró a lo alto y pensó en Luis. Vio el rótulo del periódico y pensó en Luis, que trabajaba en aquel periódico. Y estaría haciéndolo ahora y todo era bien sencillo. No había más que cruzar la calle. « ¡Oh! —pensó—, hace mucho tiempo que no veo a Luis y que no hablo con Luis, pero eso no es obstáculo para pedirle que me preste una peseta. No tiene nada de particular que le pida una peseta a Luis. Fuimos buenos amigos. Además, es necesario; ella está esperando.»

Se remangó levemente los pantalones y cruzó la calzada dando saltitos, subió media docena de escalones, se sacudió el sombrero y la gabardina y llamó. No tuvo necesidad de preguntar por Luis; atravesaba el vestíbulo en ese momento. Y había dos ordenanzas allí, también. Y dos chicas jóvenes, aporreando sus máquinas. Luis no debió conocerle y él le llamó tímidamente: «Luis, Luis.» Luis no debió oírle y él no se atrevió a levantar la voz por no llamar la atención de las muchachas y los ordenanzas. Pensó: «Sea lo que Dios quiera. Pero ella está esperando.» «¡Eh!», dijo, mas Luis tampoco le oyó y entonces uno de los ordenanzas dijo: «¡Don Luis, le llaman aquí!» Y cuando Luis dio media vuelta, él intentó poner el rostro familiar, ya pasado, de cuando iban juntos a la escuela. Luis vino hacia él con el ceño fruncido y, de pronto, le distendió. Dijo:

—¡Caracoles! ¡Mira quién es! ¿Qué idea te dio de subir por aquí? ¡Caracoles, ya no eres el mismo! —le palmeó sonoramente la espalda—. ¡Qué años hace que no nos vemos, querido!

A él le dolió el estridente entusiasmo de Luis, que le convirtió en un instante en centro de atención de mecanógrafas y ordenanzas. Pensó: «¿Cómo le pido yo una peseta a este hombre? ¿Qué miran estos tontos? Aquella chatilla es guapa. Un bombón. Luis sabe escoger el personal. Pero, bien, ella me está esperando.» Dijo:

—Llovía y pasaba por aquí y me dije:

«Voy a ver qué hace este hombre. Hace ocho años que no nos vemos.»

Luis le abrazó de nuevo. Revivía acaso en él la infancia ida y le ganaba un instinto salvaje de efusividad.

—Querido —dijo—. Pasa, querido.

El pensó: «Ella me está esperando. Pero, ¿cómo pido una peseta a este hombre? Veinte duros sería distinto.» Pero pasó y le agradó dejar atrás los ojos escrutadores de las muchachas y los ordenanzas. Pensó: «Ahora es el momento. Ahora.» Dijo:

—El caso es...

Luis le interrumpió:

—Ya veo que no me has olvidado, querido. Dime, ¿no te has casado? Precisamente hablaba ayer de ti con el *Pulga*. El *Pulga* tiene novia. ¡Eh, querido!, ¿qué te parece? El *Pulga*. Aquel chiquirritín que cada vez que el profesor le preguntaba decía con voz chillona: «No me la sé.» ¿Recuerdas? Con novia, ¿qué te parece?

El dijo:

—El tiempo pasa sin sentirlo —y pensó: «Un minuto solo y se lo pido. A ella le molesta esperar. Además, la dije que iría pronto; si me retraso lo echo todo a perder. Pero Luis pensará que si he subido ha sido sólo por la peseta. Sin esa peseta, se dirá, hubiera pasado éste otros ocho años sin acordarse de mí. No pensaría mal Luis, al fin y al cabo. He subido por la peseta del tranvía. De otro modo no estaría aquí.» Dijo él:

—¿No os molesta esa chicharra de los gramófonos plañiendo todo el día de Dios?

Luis rio y le dio un espaldarazo:

—¡Oh, oh! —dijo—, ya no molesta. Todo es cuestión de acostumbrarse. ¿Te acuerdas de Tomás Yáñez? Es lo mismo, querido. ¿Recuerdas que Yáñez estudiaba en voz alta y zumbaba como un moscardón? Cada vez que entraba un extraño en nuestra clase decía: «¿Cómo podéis estudiar con ese moscardón?» Pero nosotros ya no oíamos el zumbido de Yáñez, porque Yáñez llevaba cinco años a nuestro lado zumbando como un moscardón. ¿Recuerdas a Yáñez, querido?

Luis abrió una nueva puerta y él pensó: «Ahora es el momento.» Mas Luis dijo: «Esta es la redacción.» Y entonces él vio a un viejecito que trabajaba sobre una mesa con un fleje alumbrando de plano las cuartillas y observó que, al entrar él, levantaba la vista y le miraba con curiosidad a través de los cristales de sus gafas. Más allá, en otra mesa, había otros dos hombres. «No es oportuno ahora. Pensarán estos señores que soy un muerto de hambre.» Y Luis le señalaba una diminuta cabina a su lado:

—Mira —dijo—, éstos son los teletipos. Como verás, son unas máquinas que escriben solas. No me digas que te lo explique, querido, porque esto para mí es un gran milagro. No comprendo cómo hay quien tiene cabeza para inventar estas cosas y la mayoría no tenemos cabeza ni para comprenderlas aun después de inventadas...

—El caso es... —dijo él.

Pero Luis interrumpió:

—Verás; vamos a seguir el proceso de una noticia hasta el fin. Es un proceso interesante —hizo un inciso y le palmoteó la espalda cordialmente—. Bueno, hombre, ¿quién iba a decirme que iba a encontrarte hoy de nuevo?

El pensó: «Este Luis es un cargante. Ya en el colegio era un cargante. ¿Es que no puede imaginar que uno tenga prisa?» Dijo Luis:

—Bien, aquí tenemos la noticia. Se recorta, se pega en una cuartilla y...

El pateaba el suelo levemente, con impaciencia. Se dijo: «¿Será largo el proceso de una noticia?» Luis añadió: «Se trata de una nueva subida de precios en los Países Bajos, ¿qué te parece? ¿Cómo titularías tú esto, querido?» El dijo: «Ejem.» Dijo Luis:

«En realidad, los maestros aconsejan que debe destacarse lo que rompe la normalidad, el ritmo de las cosas corrientes. Pero todo esto de las subidas de precios es algo normal y casi diría cotidiano. ¿Qué dices? ¿Qué tal iría 'Precios altos en los Países Bajos'?» Rio Luis y alzó la mirada buscando aprobación. El dijo, de mala gana: «Muy interesante, Luis. ¡Ja, ja! Verdaderamente ingenioso.» Luis añadió: «Si lo insólito no existe, debemos acudir a lo pintoresco. El caso es atrapar al lector y llevarle a interesarse por la noticia.»

Luis garrapateó el título y se levantó:

—Bien —dijo—. Ahora vamos con la música a otra parte. ¿Quieres seguirme, querido?

Abandonaron la redacción, doblaron a mano derecha y abocaron a una escalerilla húmeda y estrecha, con pasamanos de hierro. Estaba oscura y Luis advirtió: «Cuidado.» Y él pensó: «¿Cómo diablos interrumpo yo ahora el proceso de una noticia? ¿Qué pensaría Luis?» Mas, en seguida, le asaltó esta reflexión: «¿Qué estará pensando ella? ¿Se habrá marchado o habrá puesto música?» Abajo de la escalera, detuvo a Luis por un brazo. Tartamudeó:

—Di... dime, Luis. ¿Es largo el proceso de una noticia?

Le miró Luis, decepcionado:

—Es un momento —dijo—. Un momento, querido. ¡Claro!, pero no he pensado que a lo mejor tienes prisa. A lo mejor estás diciéndote por dentro: «Este Luis sigue tan pelmazo como siempre.»

Se aturulló él al oír en otros labios su pensamiento. Sintió un extraño pudor de su intimidad.

—¡Oh, no, Luis! En modo alguno. Sigue, sigue. Tengo toda la tarde por delante.

Dijo Luis:

—Uno, en su entusiasmo, nunca cuenta con la voluntad del prójimo.

El insistió:

—Te digo que no tengo nada que hacer. No te preocupes.

Mas, inmediatamente, pensó: «¿Es que soy un muñeco? ¿Es que no sé decir: tengo prisa, Luis, volveré otro día? Ella me espera desde hace más de una hora. ¿Puedes dejarme una peseta para el tranvía?»

Pasaron a un local alto de techo y diez hombres tecleaban en unas máquinas extrañas, como si fuesen motores con las entrañas al descubierto. Luis explicó:

—Estas son las linotipias. El plomo funde aquí, resbala por aquí, el linotipista golpea la tecla aquí y el tipo imprime en el plomo reblandecido aquí. La línea, impresa en plomo, cae por aquí...

Dijo él:

—Es curioso.

Y sus manos, en los bolsos de la gabardina, se crispaban de impaciencia. Esperaron diez minutos a que el linotipista concluyera. Luis preguntó:

—¿Has sabido algo de Juan Lobato? Era todo un atleta. ¿Le recuerdas en las paralelas, querido? Yo no he vuelto a saber de él. La verdad es que era un muchacho un poco introspectivo.

—In... ¿qué? —preguntó él.

—Introspectivo —aclaró Luis—. Vuelto hacia dentro.

«Este hombre se ha hecho muy complicado —pensó él—. No era tan complicado entonces. 'Introspectivo.' ¡Qué cosas se aprenden en un periódico!»

Luis recogió las líneas de plomo y dijo:

—Ven por aquí. Vamos a encajar esto en una plana. El cabecero confeccionará los titulares. Los tipos de la cabeza son también cosa importante. A mi juicio, hay que ponerse en el lugar del lector más elemental y obtuso. Hay que buscar algo que llame su atención y le atraiga. ¿Qué te parece, querido, destacar las palabras «Altos» y «Bajos» con caracteres más gruesos?

El pensó: « ¡Oh, Dios, Dios, qué hombre tan cargante! ¿Es éste un momento a propósito para una conferencia?» Dijo:

—Muy ingenioso. Ya lo creo. Me parece un recurso muy ingenioso.

—«Altos y Bajos» —insistió Luis—. De este modo el contrasentido le entrará al lector por los ojos. Y la posible gracia del título, si es que la tiene.

El corroboró:

—¡Vaya si la tiene! Y no poca. Es muy ingenioso, Luis. Ya lo creo.

Y cuando Luis le explicaba la confección de la plana, él pensaba: «Aún es tiempo. Ella aceptaría aún una explicación.» Y cuando Luis le habló ante la estereotipia, él pensó: «Si no ha puesto música, estoy perdido.» Y Luis dijo: «Y, por fin, la rotativa. ¿Sabes las vueltas que da este trasto diariamente?» El se decía: «Me trae sin cuidado las vueltas que dé este trasto diariamente. Ella estará que echa las muelas. ¿Qué otra cosa puede haber hecho, ¡Dios!, si no ha puesto música?» Luis dijo: «Pon treinta mil, y conste que no exagero.» El dijo: «Ya son vueltas.» Consultó el reloj y añadió: « ¡Oh!, se me ha hecho un poco tarde, Luis; tendrás que perdonarme.» Luis dijo: «Contaba con que no tenías nada que hacer en toda la noche.» El se atarantó:

«Sí —dijo—, eso dije. No recordaba. Ahora recuerdo...»

Subieron las angostas escaleras y Luis le acompañó a la puerta. De nuevo se vio él en el círculo de atención de mecanógrafas y ordenanzas. «No hay mucho que hacer en este periódico, que digamos», pensó él, malhumorado. Luis dijo: «Volveremos a vernos, ¿eh, querido?» El notaba la prisa en la desacostumbrada compresión de sus vísceras. «Y de la peseta, ¿qué?», pensó. Pero ya estaba en la calle y advirtió que el pavimento estaba seco y que el altavoz del establecimiento de gramófonos le incrustaba despiadadamente la música en las entrañas. Se dijo: « ¡Oh! , como si no hubiera llovido. Lo mismo que si no hubiera llovido.» Perdió el control de los nervios y sujetó por el brazo al primer transeúnte que cruzaba a su lado. «Eh —dijo—, por favor, dígame, ¿no llovió esta tarde?» «Llover, llover —dijo el otro—. ¿Qué más queremos todos que ver llover?» Preguntó él: «¿Llovió o no llovió?» Respondió el otro: «Mire usted, yo no sé a qué llamará usted llover.» El dijo: « ¡Oh! », y se largó, y el hombre le miró perplejo y él se metió en la tienda de gramófonos y preguntó:

—¿Tienen *Anoche hablé con la luna?*

—Sí —dijo un chico joven, con el pelo rubio.

—Póngamelo —dijo él. Y pensó: «Será lo único que pueda calmarla.» Añadió—: Pasen la factura a casa.

Dijo el chico del pelo rubio:

—¿Sabe leer?

El contestó:

—Sí.

—Lea —dijo el chico del pelo rubio.

El prosiguió:

—Dice «Precio fijo», y el otro dice «Pago al contado».

—¿Lo entiende o se lo explico?

—Ya —murmuró él, y luego chilló indignado—: Pero ustedes pueden volver loco a todo el mundo con ese altavoz sin que nadie les diga: «Más bajito, amigo, que molesta», ¿no es eso?

—Eso —dijo el chico del pelo rubio.

El salió de nuevo a la calle y pensó: «Ese Luis es un cargante. Ya en la escuela era un cargante. Yo pensé que con los años habría cambiado, pero sigue siendo un cargante.»

Relato cuarto

El manguero

Introdujo la manga entre el aladierno y el tejo y roció insistentemente el pimpollo indefenso. Olía a tierra acolchada y húmeda, con una leve veta de abono animal. Tomás, el manguero, sonreía bobamente al follaje, al sol tibio de la primavera, al vacío. Sostenía la manga con ostensible desgana y el chorro apuntaba al pimpollo obstinadamente. Tomás, el manguero, tenía una gorrilla polvorienta en la nuca y en los labios, extrañamente dúctiles, una colilla mal quemada, sin lumbre. Llevaba tres días sin afeitarse y su barba era entrecana, irregular y áspera. El era áspero también y odiaba al pimpollo, al aladierno y al tejo. No sabía por qué, pero los odiaba. Y su odio era algo vivo y caliente, casi desmesurado. Su vida carecía de adornos y no era justo que él velase por los adornos de los demás. Tomás, el manguero, alimentaba una idea muy estricta sobre lo superfluo. Para Tomás, el manguero, lo superfluo era inconcebible. Vestía un traje de dril azul marino, con parches en los codos y en las rodillas.

Arriba, sobre las últimas ramas del tejo, cantaba un ruiseñor. Emitía unas entonaciones punzantes y henchidas, más bien armoniosas, pero a Tomás, el manguero, no le agradaban. El tejo exhibía en lo más alto del tronco despellejado su ficha lacónica: «Taxus baccata, L. Tejo. Europa, Asia, N. Africa.» Frente a él, el aladierno, tendía sus ramas dispersas como retorcidos cuerpos de culebras: «Rhamnus alaternus, L. Aladierno. Europa Meridional.» La manga se introducía entre ellos y vertía su carga sobre el pimpollo. Tomás, el manguero, sonreía con una mueca desalentada. Ignoraba la razón, pero celebraría verle languidecer. Al iniciar la salida el agua por el pitorro, Tomás recordó que le urgía una necesidad. Se escondió tras el seto de boj para desahogarse y apoyó la manga sobre el soporte apuntando al pimpollo. A veces descuidaba el desahogo y le dolía el estómago. Pero cada día, al comenzar la labor, le asaltaba una conciencia apremiante de esta necesidad. Se descargaba sobre el tronco del aladierno con la vaga esperanza de perjudicarle. Por las tardes fijaba en los cruces estratégicos del parque unos carteles estimulantes: «Respetad las flores y los pájaros.» «El amor a los animales y a las plantas es prueba de buenos sentimientos.» «Los ciudadanos que respetan sus jardines demuestran su civilidad.» Tomás, el manguero, se abrochó y volvió a la faena. El había ayudado a descastar las ratas del parque. Eran ratas negras, gigantes, con una joroba semejante a la de los camellos. No obstante, Tomás, el manguero, fijaba en los cruces de los caminos letreros conservadores: «El amor a los animales y a las plantas es prueba de buenos sentimientos.»

Una vez sorprendió a un chiquillo desahogándose junto al aladierno y lo llevó de una oreja a la prevención. Antes lo pasó por los carteles que él mismo fijaba y el chico dijo:

—¿Qué?

—¿Es eso lo que tu padre te enseña? —dijo Tomás.

—No podía aguantarme las ganas —dijo el chiquillo.

—Irás a un colegio de pago, naturalmente.

—Voy a los maristas —dijo el chico.

—Bien, ¿y los frailes qué dicen?

—Que debo respetar las plantas y los animales.

Le cayeron dos «pavos» de multa y Tomás, el manguero, experimentó una cruel satisfacción. Aborrecía la noble complacencia con que sus colegas vitalizaban las plantas. «Parece como que se alimentasen de yerba», pensaba Tomás. El pimpollo agonizaba, aplastado por la obstinación de la manga. Tras Tomás, el manguero, había un puentecillo de troncos de árboles y sobre el pretil se asomaba un gorrión. El animalito cabeceaba al sol primaveral; luego dio un breve vuelo y se posó junto a la manga. Había una pitera allí y el chorrito cristalino le tentaba. Tomás, el manguero, le observó de reojo y, súbitamente, dirigió el pitorro contra él. El animalito voló, piando angustiosamente. Tomás, el manguero, sonrió de un modo grosero, remotamente pueril. De niño, Tomás, el manguero, apedreaba las moreras para alimentar a sus gusanos de seda. Jamás le atraparon los guardias. Tomás, el manguero, tenía buena vista y buenas piernas para eludir la vigilancia. Cuando los gusanos concluían los capullos, Tomás abría éstos con una hoja de afeitar. Nunca tuvo paciencia para aguardar la consumación del ciclo.

Miró al gorrión que se columpiaba, asustado aún, en una ramita del tejo. Las hojas del tejo eran perennes y aciculares como las de los pinos. Tomás, el manguero, le encañonó de nuevo y el gorrión voló más lejos. Una vez, Tomás, el manguero, cazó un tordo con la manga. Era un pollo inexperto aún y Tomás le empapó las plumas impidiéndole volar. Para perpetuar la hazaña, Tomás, el manguero, fijó en el lugar del suceso un cartel sujeto a una estaca que decía: «Respetad las flores y los pájaros.» El se relamía pensando en la pechuga del pájaro frito. El gorrión volvió sobre el pretil del rústico puentecillo. A Tomás, el manguero, le irritaba aquel puentecillo sencillo y basto. El hubiera cepillado las tablas y las hubiera pintado de colorines. Tomás era un hombre que no comprendía cómo descubierto el technicolor existían aún películas en blanco y negro.

Francisco empujaba gozosamente la bicicleta, que llevaba sujeta por el manillar. La máquina tenía la dirección muy suave y si Francisco la empujaba del sillín, cabeceaba. Francisco disfrutaba sus quince días de vacaciones retribuidas y para olvidarse de la fábrica de ovoides se refugiaba en el parque de once a una. Sentado en un banco leía los periódicos atrasados que encontraba en las papeleras. El no buscaba en el periódico una actualidad, sino una sucesión de menudas historias. A veces se conmovía leyendo que una criatura pereció abrasada en un incendio. En esos casos, Francisco, tendido en un banco del parque, con el vientre al sol, pensaba en los padres del infeliz y aun intentaba reconstruir el aspecto del crío achicharrado. Vivía en los arrabales y se acercaba al parque en bicicleta. Antes entraba en los paseos pedaleando, pero desde que le cogieron y le impusieron una multa andaba con más cuidado. Divisó a Tomás, el manguero, y le dolió su desesperanza, el mezquino aprecio de su misión. «En cambio, para las bicicletas andan con más cuidado», se dijo. Francisco se detuvo junto al manguero.

—¿Es que lo hace aposta? —dijo, irritado.

—¿Quién es usted? —dijo el manguero.

—Un ciudadano.

—¡Vaya! ¿Quién le dio vela para este entierro?

A Francisco se le avivó la herida de la multa:

—¿No ve que está ahogando al pimpollo?

—¡Vaya a paseo! —dijo Tomás.

Tomás, el manguero, no obstante, desvió el surtidor. Francisco se recostó en el sillín.

—¡Qué bonito! —dijo—. Apuesto a que a usted le pagan por vigilar los jardines.

—Eso.

—Y si agarra a una criatura orinando en los paseos lo multa, ¿no es eso?

—Eso —dijo Tomás.

A Francisco le quemaba la sangre y le quemaba la multa. Francisco no era pendenciero, ni le gustaba meterse donde no le importaba. Sin embargo, amaba a los jardines porque ellos eran sus vacaciones retribuidas.

—Ande con ojo —dijo, impulsado por una imprecisa conciencia de sus derechos de ciudadanía.

Tomás, el manguero, sonrió con su habitual mueca maligna y orientó el surtidor hacia los bancos soleados. Sabía que Francisco reposaba en ellos y que se acercaba la hora en que los novios acudían al parque a pelar la pava. Le divertía ver a las muchachas, de regreso, con las faldas listadas por los largueros húmedos de los bancos. Ello constituía una de sus leves, insignificantes satisfacciones. Vio a Francisco alejarse empujando la bicicleta y murmurando vagas amenazas. Volvió a sonreír. La colilla, adherida al labio inferior, soportaba impasible los constantes aspavientos del manguero. También él tuvo una bicicleta;

una «Arelli» que rodaba bien. En cinco años no tuvo que cambiarla sino el juego de bolas del piñón. Luego le robaron el sillín y cuando él intentó robar otro le pillaron. «Para ser ladrón hay que nacer», se dijo. Entonces no recordaba sus incursiones a por hojas de morera, ni se le ocurrió pensar que había perdido facultades. Cuando vendió la bicicleta se quitó de encima una preocupación.

De nuevo dirigió el surtidor sobre el pimpollo. Sin embargo, interpuso su dedo índice para dispersar la fuerza de la corriente. Su dedo índice constituía un auxiliar inestimable en su actividad. De todos sus dedos era el único que tenía la uña limpia y de ella se servía para escarbar entre los dientes después de las comidas. Era otra poderosa auxiliar.

Faustina avanzaba por el paseo recién regado empujando la sillita que chirriaba agudamente a cada vuelta de las ruedas. Llevaba un niño vestido de blanco sentado en la silla y otro, un poco mayor, prendido de la falda. Las ruedas dibujaban en la arena del paseo una teoría geométrica. La chica se movía con una gracia altanera, casi desafiante. Tomás, el manguero, la miró un momento. Faustina bajó los ojos, no por rubor, sino por principios. Desde niña pensó que una mujer no debe mirar cómo riega un hombre. Ello se prestaba a unas concatenaciones equívocas. Faustina sabía que era una sandez, pero si se esforzase en mirar se avergonzaría. Antes de salir de Carrión de los Condes dudó entre quedarse en Palencia o seguir adelante. Finalmente siguió adelante, porque su amiga Pili la escribía: «Aquí se gana más.» Ella ganaba veinticinco duros y mantenida. Su señorita se empeñó en uniformarla. Su señorita tenía la peregrina idea de que el uniforme de la chica viste a los niños. Faustina se opuso rotundamente: «Piénselo, señorita. De otro modo, ni a usted le han de faltar chicas ni a mí casas donde servir.» Ahora Faustina empujaba la silla, dentro de su vestidito rojo de percal y con una rebeca beige sobre los hombros. La envanecía una sensación de victoria un tanto difusa. Sin embargo, no se decidía a levantar los ojos para ver cómo regaba Tomás, el manguero. Alimentaba un concepto oscuro sobre las incompatibilidades. Se sentó dándole la espalda y arrimó la silla al banco. Tomás, por debajo, la miraba las piernas. El manguero no era hombre de delicadezas espirituales. Incluso cuando reía imprimía a sus espasmos una expresión grosera.

—Buenas —dijo la chica.

—Anda al quite, chavala. Te voy a mojar.

—¿Sí?

—Sí.

—En mi pueblo no andan con tantos remilgos y los árboles crecen.

—Eso digo yo. ¿De dónde eres?

—De Carrión de los Condes.

Faustina se puso la rebeca. Hablaba sin mirar al manguero. Tomás dijo:

—¿Tan feo soy?

—Vamos —dijo la chica—. Usted ya no tiene edad de ser guapo ni feo.

Tomás, el manguero, se inclinó y aflojó la manga con la llave inglesa. El chorro cesó y Faustina volvió los ojos con una ostensible expresión de alivio.

—¿No riega más?

—No. Esto ya tiene bastante agua.

Miraba satisfecho al pimpollo macilento. Añadió:

—¿Qué tiempo llevas aquí?

—Hará un mes el dieciocho.

—¿Estás a gusto?

—Ya ve. Mi señorita se empeña ahora en colocarme un uniforme.

—¿Y tú qué dices?

—Yo la dije: «De eso ni hablar. Piénselo. Ni a usted han de faltarle chicas ni a mí casas donde servir.»

Tomás, el manguero, sonrió. Pensó en el

pimpollo amustiado, en su desahogo matinal sobre el aladierno, en el tordo indefenso y las faldas arrugadas de las muchachas cuando iban de retirada. Luego pensó que el uniforme era una cosa superflua y las señoritas eran, asimismo, una cosa superflua. Dijo:

—Eso está bien —escupió la colilla—. Pero que muy bien, muchacha.

Relato quinto

El campeonato

Fue su oportunidad y la perdieron, y los ingleses quedaron, de buenas a primeras, fuera de combate. El hecho era insólito y humillante. Ellos eran los maestros, y, de repente, llega un discípulo y ¡zas!, echa a rodar su historia, y su experiencia, y su maestría, y su técnica, y todas sus viejas glorias. Y lo que Juan decía, mientras daba vuelta al botón para amplificar la voz de la radio:

—Los ingleses estarán que muerden.

Y la radio dijo:

—Zarra es sujetado por el portero uruguayo. El árbitro no lo ve. El balón sale fuera...

Juan aspiró una fumada y soltó una gruesa palabrota, aureolada de humo. Luego dijo:

—Los uruguayos son unos brutos. Siempre lo han sido. No sé por qué hemos de extrañarnos ahora.

Eran las siete y cuarto de la tarde y hacía calor. La atmósfera de la estancia estaba espesa y viciada. Olía a cuerpos sucios y confundidos. En un rincón había un catre y, recostada en el catre, una muchacha rubia, escuálida, pintarrajeada y aburrida. Al alcance de la mano, sobre un pequeño velador, tenía un vaso, mediado, de un líquido consistente y oscuro. A sus pies dormitaba una tripuda y perezosa gata negra.

La radio dijo:

—¡Gol! ¡Gol! ¡El extremo derecha uruguayo ha marcado el primer gol! ¡El gol estimula a nuestros muchachos! ...

Juan profirió otra palabrota y afirmó:

—Los ingleses se frotarán las manos de gusto.

La muchacha rubia y pintarrajeada se incorporó y se estiró. Al hacerlo, se le marcaron bajo la piel los huesos de los brazos y los de los hombros. Acarició la nuca de Juan.

—¿No vienes un rato? —dijo.

La radio clamó:

—¡Gol de Basora! ¡Gol de España! ¡Basora, de cabeza, acaba de conseguir el empate rematando un pase de Gaínza!

Juan empalideció y encendió otro pitillo. Dijo:

—Buen jarro de agua fría para los ingleses —y sonrió imperceptiblemente.

La muchacha rubia y pintarrajeada volvió a estirarse. Luego bebió un sorbo del vaso del velador. La gata ronroneó y la muchacha le atusó el lomo suavemente.

—Este animal está para dar a luz de un momento a otro —dijo.

La radio estalló:

—¡Gol! ¡Otro gol formidable de Basora, señores! ¡España, dos; Uruguay, uno!

Juan juró entre dientes. Se remangó la camisa. Tenía la carne de gallina. Dijo para su capote:

—Habrá que oír a los ingleses, ahora. Y esos zánganos de uruguayos, ¿qué se creían? ¿Que éramos como Bolivia?

La muchacha rubia y pintarrajeada rascó a la gata entre las orejas y suspiró.

—¿Te asusta a ti dar a luz, cariñito? —dijo.

La voz monótona del receptor creaba en la estancia viciada un clima de somnolencia. La muchacha se tumbó en el diván y se adormeció. La despertó la voz exaltada, estentórea, del locutor:

—¡Gol, señores! ¡Varela, desde medio campo, acaba de conseguir el segundo gol uruguayo! ¡España, dos; Uruguay, dos!

Juan encendió otro pitillo. Le temblaba la mano al hacerlo.

—Si lo siento —dijo— es por la alegría que van a tener los ingleses.

La muchacha volvió a incorporarse y apuró el contenido del vaso de un trago.

—Yo me voy, Juan. ¿Vienes?

—¡Aguarda!

—¿A qué?

—Un empate no es un mal resultado. Los uruguayos son gente —dijo Juan, para sí.

La radio tronó:

—¡El árbitro señala el final del encuentro, señores! ¡España, dos; Uruguay, dos!

Juan apagó el receptor y se puso en pie.

—Hemos empatado —dijo.

—¿Y eso es malo?

—¡Pché! —dijo Juan.

Bajaron juntos la escalera. En la esquina había un bar. Juan empujó a la muchacha y entraron. Un hombretón en mangas de camisa despachaba vasos de vino. En las mesas se hablaba de fútbol. Juan dijo:

—Dos blancos, Simón.

Simón era el hombrón que despachaba en mangas de camisa. Tenía los gruesos brazos sin una brizna de vello, tan pulidos como el mármol de las mesas. Y las manos ásperas, pesadas y rojas.

—¡Qué loco está el mundo! —dijo Simón—. En todas partes no se habla más que de fútbol. ¿Y qué nos da el fútbol?

—Hemos empatado —afirmó Juan, con un leve temblor de júbilo.

Simón se excitó:

—Total, ¿qué? Como antes de empezar a jugar, ¿no es eso?

—Eso.

—Y para eso veinticinco millones de españoles escuchando la radio toda la tarde como embobados. Cincuenta millones de horas desperdiciadas. ¿Sabe usted lo que puede hacerse con cincuenta millones de horas de trabajo?

—Muchas cosas —dijo Juan.

La muchacha rubia y pintarrajeada se impacientó:

—Vamos, Juan.

Simón dijo:

—Eso. Muchas cosas. Por ejemplo, plantar cien millones de árboles. ¿Le parece a usted poco?

Juan inquirió:

—¿Ha plantado usted un árbol?

La muchacha rubia y pintarrajeada intervino:

—¿Sabes, Juan, que la gata está para dar a luz?

—Otros dos blancos —pidió Juan.

Luego siguieron bebiendo. La taberna estaba llena de gente y todos sudaban. Juan experimentaba una agradable excitación en su sangre y en sus nervios, una excitación que crecía de vaso en vaso. A las nueve salieron. La muchacha dijo:

—Ese hombre es un mal educado.

Se refería a Simón.

A Juan le bailaba en los labios una sonrisita boba.

—Estoy pensando en lo que dirán los ingleses a estas horas —dijo.

Y la gente pasaba a su lado con cara de Pascuas, como si a cada uno le hubiera tocado el «gordo» de la lotería. La muchacha rubia y pintarrajeada se puso a pensar que veinticinco millones de españoles eran muchos españoles, y cincuenta millones de horas eran muchas horas, y que cien millones de árboles eran una barbaridad de árboles. Y luego pensó que el vino blanco de Simón se le estaba subiendo a la cabeza.

Relato sexto

El traslado

Para él, el traslado suponía bien poco. Después de todo, nada significaba que en vez de pasar las angustias y sordideces de la vida en Salamanca hubiera de pasarlas en Santander, y, a fin de cuentas, su naturaleza catarrosa, y su estreñimiento crónico, y su reuma poco iban a ganar con las humedades y las brisas salobres del Cantábrico. ¿Que aquello era un cambio? Bien; ya lo sabía. Pero no todos los cambios envuelven una alegría ni tan siquiera una esperanza.

Su mujer opinaba de distinta manera. Claro que cada cual es como es. Para Felisa, el traslado era algo así como una liberación, como un tránsito de la miseria a la holgura, de la sombra a la luz. Aunque Felisa nunca aclarase de qué iba a liberarse ni qué holgura ni qué luces pensaba encontrar en Santander. «Por de pronto —decía ella—, no hay quien nos quite el veraneo gratis, y, además, malo será que no salte por ahí un primo que nos alquile unas habitaciones para julio y agosto por el doble de lo que nosotros paguemos por la casa todo el año. Pero sobre todo —añadía—, los chicos tomarán sus baños de mar, y es más que seguro que, con ellos, el raquitismo de Ramonín se lo lleve el diablo.»

También los chicos estaban contentos con el traslado. Ellos creían, un poco bobamente, que irse a Santander, un puerto de mar, suponía estarse holgando en taparrabos de sol a sol, disponer de una piragua a voluntad para hacer músculo y darse cada mañana una tripada de mariscos después del chapuzón. Ellos no sospechaban que en Santander las cosas seguirían, más o menos, como en Salamanca, con un poquitín más de mar y un poquito menos de piedras arcaicas, con la particularidad de que tendrían que reforzarles las suelas de los zapatos para preservar los pies de la humedad. El cambio no era muy ventajoso que digamos para nadie, y menos para él, para su constitución endeble, y su afección catarrosa, y su estreñimiento crónico, y su reuma. Exactamente, el traslado no era otra cosa que trocar una angustia y una monotonía de tierra adentro por una angustia y una monotonía de litoral.

Pero lo peor no era eso. Lo peor era tener que bracear todo el día de Dios contra el entusiasmo infundado de la familia y tener que pechar con el banquete de despedida, como si su marcha fuese a dejar allí una huella para alguien, o un pobre rastro, o un mal recuerdo, o una cochina nostalgia. Lo peor era eso; que se emperrasen en hacerle creer que le iban a echar de menos, que Blas era en Salamanca algo así como su Plaza Mayor, una cosa fundamental. ¿Por qué el diablo se entretiene siempre enredando las cosas de los más tontos? Porque, a fin de cuentas, vamos a ver, ¿quién era él? ¿No era el más nulo, el más insignificante, el más necio y el más atolondrado de todos? Entonces, ¿a qué esos aspavientos, esos condescendientes abrazos, ese tumultuoso adiós? ¿Era que verdaderamente iban a echarle de menos a Blas en la oficina? ¿Qué les importaba a ellos que a Blas le sustituyese Pedro? ¿Qué ganaban o que perdían con el cambio? ¿Quién era Pedro y quién era Blas? ¿No eran cabalmente, uno y otro, dos ceros a la izquierda, un par de minúsculos tornillos del enorme mecanismo? Pero no. Al parecer, las idas y las venidas, en estos tiempos, habían de hacerse y deshacerse con barullos, estridencias, cordialidad y vino. Había que impregnarlas de una afectuosa agresividad. De otro modo, resultaban insulsas, insípidas y vacías. ¡Con lo que él amaba la tranquilidad y el silencio!

Lo de Felisa ya era harina de otro costal. Lo de Felisa ya no tenía remedio. El se había casado con una forma apetecible de mujer. Nada más. Si ahora resultaba chinchorrera, puntillosa y charlatana, él se lo había ganado por no haber indagado a tiempo qué es lo que tenía dentro aquella forma apetitosa de mujer. El pecado estaba en no reparar a los veintitrés años en lo que el cerebro de las mujeres, y el corazón de las mujeres, y la boca de las mujeres guardan dentro. Aunque, al fin y a la postre, tampoco Felisa fue mala con él, y le había dado seis hijos, y los había criado a sus pechos, y él no era justo ni razonable quejándose interiormente de Felisa ahora, cuando por tener seis hijos y criarlos a sus pechos había perdido su apetecible forma de mujer. Y si ahora él iba al banquete tan tieso y tan satisfecho, embutido en su camisita de popelín blanco, con el cuello almidonado, a Felisa se lo debía; a la Felisa de ahora, locuaz, puntillosa y chinchorrera, y no a la antigua forma apetecible de mujer. Luego Felisa no era tan mala, ni él era justo antes insultándola y menospreciándola para sus adentros.

Y al entrar en el salón bajo de techo, con el olor de la comida agarrado a los baldosines y al yeso de las paredes, y casi todas las sillas ocupadas por sus superiores, esperándole, se sentía menos cohibido al notar en el pescuezo la presión de la camisa almidonada de popelín. Y casi le dieron ganas de llorar al pensar en Felisa, en lo injusto que acababa de ser con ella. Pero se sentó, después de saludar, en la silla de al lado de don León, el director. Y casi antes de darse cuenta, se vio comiendo y bebiendo entre una barahúnda de órdenes del jefe de cocina y conversaciones entrecruzadas, y chasquidos de loza y cubiertos resonantes, y la mirada, con un desesperante matiz conmiserativo, del camarero que le servía y que parecía decirle: «Ea, Blas, come, hínchate y déjate de finuras. Llena tu estómago por una vez en la vida; no pierdas la oportunidad.» Bueno, la mirada del camarero podía indicar eso y podía indicar otra cosa. El no lo sabía. Acaso lo estaba interpretando maliciosamente. Ahora, sí. Ahora le daban un codazo a mano izquierda y alguien decía: «En Corea se juega el mundo el ser o no ser.» Y él dijo: «Estamos sobre un volcán.» Y siguió comiendo sin mirar a los lados, no por voracidad, sino porque le violentaba levantar los ojos y sorprender el movimiento feroz de aquella treintena de mandíbulas; las miradas ávidas en los platos, que se vaciaban apresuradamente; las copas con vinos de tres colores, y pensar que todo aquello se movía y prosperaba gracias a su traslado a Santander, gracias al traslado del hombre más oscuro e inútil de toda la oficina.

Para no pensar en ello, Blas repitió: «Estamos sobre un volcán.» No sabía a punto fijo qué era un volcán, pero sospechaba que estar sobre un volcán era correr un riesgo inminente de cataclismo. Ignoraba de dónde salían las voces y a quiénes iban dirigidas, pero él contestaba a todo cuanto captaban sus oídos, sin parar mientes en la impersonalidad de las palabras y de las frases. A mano derecha, alguien dijo: «Para suerte, la de ese industrial de Albacete, ¿eh? Las seis series. Eso es saber jugar a la lotería.» Y sintió que él gritaba y dijo: «A mí jamás me ha tocado ni un reintegro.»

De pronto, sin advertir los preliminares, vio a don León de pie, y él, mecánicamente, quiso ponerse de pie también, al ver así a su director, y sólo permaneció sentado gracias a un esfuerzo ímprobo de su voluntad. En torno a don León se extendió un siseo acuciante, que en algunos pretendía ser meritorio, como si realmente valiese la pena hacer un huequecito para la voz del director. Blas notó ahora que don León hablaba de él, y un tanto confundido, comenzó a hacer bolitas y bolitas con un pedazo de pan sobrante. Don León vino a decir que «durante treinta años había sido un sumiso y fiel burro de carga, y que por eso hoy le convidaban a comer». Le aplaudieron a don León y a él le dieron muchas palmaditas afectuosas en la espalda. Luego se levantó don Agapito, que vino a decir «que hoy el mundo era una gran porquería, y que todo en derredor estaba podrido, y que todo era interés personal y egoísmo y carnalidad, y que sólo ellos eran buenos y caritativos, y también Blas era bueno y lo había sido siempre, y por eso hoy le convidaban a comer».

Blas se hallaba cada vez más aturdido. Lo que él hiciera en la vida no valía la pena, y lo mismito pensaba seguir haciendo en Santander ahora que le trasladaban allí. Miró distraídamente a las bolitas que había ido amasando durante los discursos, y que ahora negreaban sobre la albura del mantel, y las contempló con una mezcla de orgullo e irritación, como una gallina al huevo recién puesto. Súbitamente experimentó un vértigo al oír que alguien decía fuerte: « ¡Que hable Blas! » No había pensado en esta contingencia, y ahora, al hacerlo por primera vez, notó que algo se desplomaba sobre él sin remedio, que no podría salir de allí sin soltar un discurso. «Dios mío —se dijo—, a mí que nunca me gustó llamar la atención de nadie... Todos lo pueden decir que yo nunca quise figurar, y cuando... Y ahora, tendré que hablar a don León y a don Agapito, y a todas estas personalidades... ¿Es posible, Señor —pensó de repente—, que todas estas personas se hayan reunido por afecto hacia mí...?» Los rostros de los comensales se le diluyeron en una niebla mareante, y advirtió, sin poder impedirlo, que sus ojos se cargaban de lágrimas. Pero notó también, claramente, que no podría salir de allí sin soltar el discursito, y quiso pedirles de rodillas que le disculpasen de este deber, que hablase otro cualquiera por él. Presintió el tartajeo de su voz y su accionar desmanotado y torpe, y se miró por dentro y se encontró vacío de ideas y de conceptos y de palabras. Pero la voz volvió a insistir implacable: « ¡Que hable Blas! », y otras voces le apoyaron y varias manos se juntaron aplaudiendo. «Vamos, Blas, díganos usted algo», le dijo don León a su lado, dándole en la espalda amablemente. Uno de los jóvenes y despreocupados auxiliares se rio —¡ji, ji, ji!— en un extremo de la mesa al ponerse Blas de pie, y a éste le pareció que le faltaba suelo estable donde pisar y mantenerse. Otro se rio —¡jo, jo, jo!— en otro extremo de la mesa. Era otro auxiliar. Y Blas estaba ya en pie y no acertaba a decir nada porque le envaraba la conciencia de que era el más torpe de todos, el más ignorante de todos y el más despreciable, absurdo y ridículo de todos. Y cuando quiso empezar, sus labios se movieron trémulamente hacia arriba y hacia abajo y para los lados, pero no emitió voz alguna, y un auxiliar se rio —¡ji, ji, ji!— en un extremo de la mesa, y otro auxiliar también se rio —¡jo, jo, jo!— en el extremo opuesto, y entonces Blas vaciló y se encorvó por el estómago, donde le pareció que los ordubres finos, los huevos a la cardinal, la langosta Savoy con salsa tártara y el pollo glaseado con las legumbres del tiempo se ponían de pie y le punzaban las vísceras cargadas con una obstinación diabólica. La ofuscación le obstruía el raciocinio. Quiso empezar diciendo: «Nos hemos reunido hoy...», pero no pasó del

«Nos...», que repitió hasta cinco veces, en tono cada vez más mortecino. La cabeza giraba sobre su cuello y se le antojaba que don León cambiaba de sitio constantemente, y que los ojos de todos le dejaban huella en la piel, y que el techo del reservado se ponía, a intervalos, vertical y horizontal. Sintió que los ordubres finos, los huevos a la cardinal, la langosta Savoy en salsa tártara y el pollo glaseado con las legumbres del tiempo buscaban con urgencia una salida, y tornó a sonar la risa —¡ji, ji, ji!— de un auxiliar en un extremo de la mesa, y la otra —¡jo, jo, jo!— de otro auxiliar en el extremo opuesto, y entonces Blas se dobló por la cintura, mirando sumisamente al director, y dijo lo único que había sabido decir en treinta años, lo que un día tras otro repitiera en su larga vida de subordinado:

—Con su permiso, don León.

Y salió desalado, escurriéndose por la escalerilla fría, húmeda y angosta de los sótanos. Allí, mientras se desahogaba, se le ocurrieron muchas buenas ideas que podía haber expuesto en su discurso frustrado. Y al mirarse los puños de la camisa blanca, pensó en Felisa, su mujer, y en los ahorros de ella, malbaratados en una camisa innecesaria, y en los críos, y en su traslado, y en Santander, tal como lo concibiera en su imaginación achatada por la rutina. Y pensó que, después de todo, después de lo que había pensado de su propensión a los catarros, y de su estreñimiento crónico y de su reuma, no le vendría mal cambiar de aires.

Relato séptimo

El primer pitillo

Al fin concluyeron los quince días. Fue, como todo, cuestión de empezar. El primer día le pareció que le faltaba aire que respirar; se ahogaba, desazonado, en la irremediable abstención. Había prometido no fumar un sólo pitillo en dos semanas y la perspectiva de los días que faltaban agudizaba y hacía menos soportable la privación presente. «No podré resistir; no me será posible», se decía, pero su formación moral le impedía quebrantar la promesa. Fuera como fuese, había que resistir, que privarse de humo durante dos semanas, aguantar, aguantar y aguantar...

Los días fijados transcurrieron, al fin. Al despertar, el dieciseisavo, lo primero que se representó la mente de Gerardo fue una tenue voluta de humo blanco retorciéndose, contorsionándose, ascendiendo paulatinamente hacia el techo, borrándose al cabo. «Dios mío, esto se acabó, ya puedo fumar», se dijo sigilosamente, atenazado por un temor inconcreto de que alguien pudiera aún ordenarle la prolongación de la promesa:

—¡Hola, hijita! ¿Cómo has descansado?

Sonreía al besar a su esposa. (Evocaba ya el leve bulto del pitillo separando los labios, ofreciéndole generosamente su extremo para que aspirase hasta saciarse.)

—¡Buenos días, chico! ¿Por qué hoy de tan buen humor?

El continuaba sonriendo beatíficamente, regodeándose en una espera voluntariamente impuesta ahora.

—Es igual; no lo entenderías. Es hoy el día más feliz de mi vida y eso basta.

Se estiró en el lecho un momento, luego se incorporó, hizo unas leves flexiones de piernas y se duchó, después, frotándose ásperamente el pecho con agua fría.

Ya vestido se encerró en su despacho. Diríase que todo, por dentro y por fuera, había cambiado su fisonomía a la aguda observación de Gerardo. Los ruidos mañaneros ascendían de la calle optimistas y claros. Se asomó un instante a la ventana y vio discurrir bajo sí una interminable hilera de carros que llegaban del campo cargados de leña. (Una leña poblada de aristas, desmenuzada a golpes de hacha, sacrificada en los lejanos pinares.) Entornó los ojos y aspiró fuerte, pareciéndole que con esta profunda, enérgica inspiración, se colmaba todo él de las aromáticas emanaciones de aquellos pinos muertos y despedazados. En el fondo de todo ello había un deleite sensual, una morosidad consciente y prevista para hacer más deseable la reanudación del vicio.

Cerró el balcón y se sentó lentamente en el sillón, frente a su mesa. Ante él humeaba el desayuno y aquellas espirales columpiándose en la atmósfera, reavivaron su deseo voluptuoso de verse repleto, saciado de un humo más denso y macizo que aquél, impregnando, paulatinamente, todo su cuerpo.

Desayunó con calma. Sin él advertirlo sus labios se entreabrían en una sonrisa de complacencia, como si alguien le cosquillease tenuemente en las comisuras. Notó la templanza del café en el estómago, estimulándole, y entonces constató muy íntimamente que había llegado el momento. De una tabaquera de cuero repujado, junto a él, extrajo un librillo de color teja y, tonta, incomprensiblemente, al notar el liviano rectángulo entre los dedos el corazón comenzó a brincarle aceleradamente.

—Si seré tonto —se dijo en alta voz. Pero a pesar de esta convicción, no muy firme, sus labios continuaban entornados, revelando un ancho y hondo deleite.

Observó el librillo con ojos escrutadores. Levantó la primera tapa y leyó con fruición: «Verificar el contenido por la abertura de encima.» Sonrió y luego, efectivamente, verificó el contenido. Era hoy uno de esos días que se hallaba predispuesto a dar satisfacción a todo el mundo. Tornó a verificarlo, lanzando sobre «la abertura de encima» una mirada ávida.

Existía un recreo meticuloso en todas estas operaciones preliminares a la posesión. En cada una se escondía un aliciente sabroso y estimulante. «Aún quedan hojas para dar y tomar», pensó, y luego, con dedos temblorosos, prendió el translúcido extremo de la hoja que asomaba y tiró de ella «con movimiento de ida y vuelta», como se aconsejaba en letras bien visibles en la parte inferior del estuche.

Gerardo hubo de dar, de pronto, un sorbetón inusitado para evitar que una baba tibia y resbaladiza se le deslizase barbilla abajo. Entre las yemas de sus dedos índice y pulgar sostenía ahora la hojita blanca, sutil e ingrávida como una pluma de pechuga de ave. La volvió hacia la luz para comprobar la situación del filete engomado; después tomó con la otra mano el extremo opuesto y, oprimiendo levemente con los pulgares en ambas esquinas y cerrando, casi simultáneamente, la pinza que formaban índice y pulgar de cada mano, obtuvo el pliegue de seguridad que apetecía.

—No, no, en estos tiempos no puede desperdiciarse una molécula de tabaco —se dijo en un cuchicheo mientras destapaba de nuevo el cofre de cuero repujado que tenía junto a sí. Tomó un puñadito de tabaco y lo volcó de una vez en el papel plegado. El corazón volvía a brincarle como la primera vez que besó a su mujer, con la misma intranquila, impaciente, palpitación. Ahora rebuscaba en el montoncito como si espigase en un rastrojo. Lo purificaba de elementos nocivos con crispante minuciosidad, solazándose en la proximidad de la satisfacción íntegra de su deseo. Oía a su mujer entrar y salir de la cocina, entenderse con los niños que ya se habían despertado.

—Oh, Dios, Dios, que no entren ahora; que no se les ocurra entrar ahora —balbuceó.

Deseaba saborear las delicias de aquel primer pitillo en una soledad no interrumpida; creía firmemente que una irrupción en aquellos solemnes instantes podría acarrearle más graves consecuencias que un corte de digestión. Continuaba expurgando el insignificante y oscuro montoncito. Eliminaba de él minúsculas trizas de rígida dureza, los nervios de la hoja insensatamente mezclados con las briznas de tabaco puro y el autorizado porcentaje de follaje de patata. Aún restó un pellizco del montón, que reintegró cuidadosamente al cofre de cuero repujado. Seguidamente igualó con parsimonia el tabaco en el ángulo diedro del papel, y a continuación introdujo el extremo inferior de la hojita bajo el lado opuesto e hizo resbalar el pequeño cilindro sobre las falanges de sus dedos anulares. Aquello iba apretándose, haciéndose duro y compacto, adquiriendo un maravilloso equilibrio de proporciones.

—No se me ha olvidado, no. ¡Vive Dios, que está saliéndome como nunca (pasó con precaución la punta de la lengua sobre el borde engomado y añadió con voz sofocada, en un cálido susurro, al tiempo que contemplaba extasiado la obra concluida), como nunca, vive Dios, como en mi vida!...

Sostenía el insignificante cilindro en la palma de la mano y su tono blanco resaltaba sobre la epidermis oscura del hombre. Lo contemplaba con sonrisa de vencedor, como un enconado criminal a la presunta víctima en los segundos anteriores a la consumación del crimen. Momentos después se incorporó de súbito y fue a sentarse en el sillón de enfrente, de blandos y profusos muelles.

—Así —dijo, y repitió—: Así, cómodamente, que no merme mi placer el menor asomo de molestia física.

Raspó un fósforo. (Sentía ya el breve volumen del pitillo entre los labios, el picorcillo de una mota de tabaco, exhalando su exigua carga de nicotina sobre la lengua.) Al aproximar la mano con el fósforo encendido, notó que todo él temblaba, que aquella dicha que casi percibía ya sobre sí era inmerecida para él, miserable pecador; para él y para todos los humanos. La punta de la llama mordisqueaba el extremo del papel que se retorcía transformándose inmediatamente en una pavesa despreciable y gris, como una pizca de caspa. El fuego lamía los primeros corpúsculos de tabaco y el aire se saturaba de un aroma intenso y penetrante. Se le detenía la respiración a

Gerardo, se le paralizaban los músculos bucales impidiéndole la succión. Sujetaba el pitillo con los labios con una avidez descompuesta, como un niño hambriento se aferra a la tetilla del biberón. De repente se sintió a sí mismo fuerte y poderoso, disponiendo de una cabal autonomía. Fue entonces cuando inspiró con todas sus energías, con todo su poder físico, notándose morir, desaparecer, bajo la influencia de aquellos efluvios punzantes que se le adherían a las paredes esponjosas de los pulmones, impregnándolas, colmándolas, filtrándose por todos los resquicios, invadiendo su estructura porosa hasta los más recónditos pliegues.

Arrojó el fósforo al suelo mecánicamente y recostó la cabeza sobre el respaldo del sillón. Retuvo la bocanada con fruición viciosa y sensual. (Deseaba notar aquella extraña y deliciosa quemazón en todos los extremos de su cuerpo, desde la punta de los cabellos hasta la planta de los pies; ansiaba rendirse a la invasión plena de aquel humo azulado, denso y picante que le arrebataba por completo de su monotonía cotidiana.)

Se estremeció al oír abrir una puerta allá lejos, en el extremo más distante del pasillo.

—¡Oh, Dios, Dios, que no entren ahora! —susurró.

Y sus palabras parecían dilatarse en el aire al compás de la humareda que las circundaba. Eran sus palabras, y no el humo, las que tomaban forma en el espacio y se diluían luego, ascendiendo lenta, muy lentamente, hacia el techo...

Relato octavo

La contradicción

Tenía rojo lo blanco de los ojos y al abrirlos observó, abrumado, las paredes y los muebles. La blancura de la salita le deslumbraba. Sor Matilde se aproximó suavemente a su lecho:

—Hijo, ¿estás mejor?

El hizo un esfuerzo desmedrado y de sus labios exangües surgió un gruñido. Se los humedeció con la punta de la lengua y gruñó de nuevo. Miraba a la monja con lo rojo de los ojos en lugar de con las pupilas, como los perros díscolos cuando comen. Dijo sor Matilde:

—Aguarda. Voy a avisar.

El era todavía un muchachito que antes de ser arrollado se enternecía escuchando el pasodoble *El valiente*. Luego no, porque sentía el pecho como si tuviera descansando sobre él una apisonadora, y de cuando en cuando le asaltaba la impresión de que las costillas de delante se juntaban con las de atrás y le estrujaban los pulmones. A veces pensaba que en su pecho había una inscripción: «Carga, 3.000 kilogramos.» El médico le previno una hora antes a sor Matilde: «Cuatro costillas fracturadas. Probable fractura de la base del cráneo. Conmoción visceral. Pronóstico muy grave.» El muchachito no experimentaría ahora emoción alguna escuchando los compases de *El valiente*. Sólo apetecía que la apisonadora se apease de su pecho, poder respirar. Dijo:

—Un momento, madre.

Sor Matilde sonrió hacia arriba. Formaban sus labios un hociquillo extravagante al tratar de sonreír. Se acercó a él y le tocó la frente con extremada delicadeza:

—No soy madre, soy hermana.

—Hermana, bien.

—Sor Matilde.

—Bueno, sor Matilde... Yo tuve una hermana que quiso ser hermana como usted. Era Modes, la segunda. No tenía seis años y me dijo un día: «Yo quiero ser monja, ¿me comprendes o no?»

Sor Matilde sonrió alzando el labio superior. Tomó una mano del enfermo y le buscó el latido del pulso. No lo encontraba y cerró la boca con un gesto contrariado. Al hacerlo se dibujaba más relevante la curva de su mandíbula. No era duro su rostro, empero. Sus ojos desbordaban una alegría rutilante. La superiora le decía: «Esos ojos, sor Matilde, esos ojos. ¡Bendito sea el nombre del Señor! », pero ella sentía una curiosidad invencible por las cosas de fuera. No acertaba a remediarlo. «Mi curiosidad se la ofrendo a Dios», solía decirse en los momentos de recogimiento. Ahora miraba al muchacho compasivamente. Le imbuía una suerte de estupor constatar la debilidad, casi imperceptible, del pulso. El doctor le dijo una hora antes: «Avise si recobra el conocimiento. El juez espera. Aún no ha sido identificado.» Ella pensó: «Se va a morir. ¡Oh Dios, va a morirse este crío! » Dijo el muchachito:

—¿Quiso usted ser hermana desde chiquitina, madre?

Pensó el muchachito que sor Matilde era como *El valiente,* una emoción circunstancial. Pero las costillas le oprimían; tosió levemente y parecía que los ojos fueran a estallarle. Ella le acomodó la cabeza sobre la almohada:

—Yo quise ser bailarina.

—¿Bailarina?

—Quise ser bailarina cuando tenía la edad de tu hermana, la que quería ser monja. Tu hermana, ¿fue monja luego?

—¡Oh, no! Ella reside aquí. Yo venía a buscarla porque necesitaba encontrar trabajo, madre. Dígame: ¿hay algún convento en la calle de la Pureza?

Sor Matilde se sonrojó levemente:

—¡Calla, criatura!

—Mi hermana vive en la calle de la Pureza, ¿comprende usted? Si está en un convento, yo sé que ese convento no es de clausura.

Sonreía el muchacho vagamente. La sonrisa quedó adherida a sus labios de manera inevitable.

—Agua, madre, por favor.

Sor Matilde le aproximó el vaso a los labios y él bebió sacando la lengua, salpicando como los perros. Al beber recordó el chirrido del frenazo y le recorrió los dedos un hormiguillo como cuando su hermano Félix, el camarero, le dejaba beber un chorro de seltz. Dijo:

—El del camión vino por mí, madre. Eso no hay quien me lo quite de la cabeza.

El peso del pecho se le hizo insoportable. Le recreaban los movimientos sigilosos y exactos de sor Matilde, su eficacia queda. Se le antojó que tenía un aplomo de esposa.

Inmediatamente pensó que las monjitas son las esposas de Cristo. Evocó de nuevo a la Modes. Su cerebro daba muestras de una atropellada actividad. Dijo sor Matilde:

—Aguarda, hijo. Voy a avisar al doctor.

—¡No! —dijo él—. El no va a mejorarme. Espere, hermana. Mi hermana es una perdida. No se lo dije antes, ¿verdad?... Tal vez fuese por orgullo...

Sor Matilde se detuvo en la puerta. Estaba habituada a velar a la muerte, y, sin embargo, ahora se le hacía todo aquello una contradicción. «Es un muchachito —pensó—. No tendrá arriba de los dieciocho.» Regresó junto a la cabecera del lecho. Se dijo: «Debió vivir un ambiente pecaminoso.» El hacía un ruidito extraño con la lengua. Dijo:

—Siéntese aquí un ratito, madre. Junto a mí. Podemos charlar de muchas cosas.

—¡Alabado sea el Señor, hijo! El te quite de la cabeza esos malos pensamientos —dijo sor Matilde.

El muchachito entornó los ojos. Sin saber por qué experimentaba unos atroces deseos de *El valiente* y la hermana era para él exactamente como *El valiente*. Por primera vez, desde el atropello, necesitaba música cerca. Gimió:

—Madre, ¿es que no hay un gramófono en toda la ciudad? ¿En el mundo entero?

—¿Un gramófono?

De nuevo pensó el muchacho en su hermana, cuando vivían juntos a la orilla del lago y la madre les obligaba a acarrear agua para los veraneantes.

—Si ella hizo eso fue por necesidad, madre.

—¿Qué quieres decir?

—Otras van al vicio por el vicio, madre. Ella no. Era débil y no tenía fuerzas para pasar el día acarreando cántaros de agua. No sé si se lo dije, hermana, que ella quiso ser monja.

El agobio del pecho le hizo detenerse.

—Bien —dijo sor Matilde—, no debes pensar en ello ahora. ¿Cómo van tus cuentas con el Señor?

—¡Hum...! —dijo el muchachito.

Ella presentía la muerte. No se equivocaba cuando captaba su breve temblor en las albas antenas de su toca. Ahora ya no quería marcharse, porque en el breve trayecto el muchachito podría escapar.

—¡Hijo, hijo...! —insistió con un impaciente apremio en la voz—. Di para ti, con toda tu alma: «Señor de los Cielos; de todo corazón me pesa haberos ofendido.»

El pensó: «Con música cerca me sería

más fácil.» El sabía que la música despertaba en su pecho una remoción de sentimientos. Sintió de nuevo el frenazo como un chorro de seltz. Se estremeció. Le escocían los ojos de tenerlos abiertos, y de pronto, impensadamente, le dolía la rodilla derecha. Pero no imaginó que estuviera acabado, sino que pensó en vivir y en redimir a la Modes, y así lo dijo.

—Ese es un hermoso propósito, hijo —dijo sor Matilde—. ¿Pediste perdón a Dios?

—Bueno —añadió él, ahora penosamente—. Si he de llamar «hermano mío» al conductor, me temo que ello no va a ser posible, madre.

—¿Tanto le odias?

—Compréndame. El me la jugó, madre. Se metió en la acera mientras yo preguntaba a un transeúnte por la calle de la Pureza. No hay ningún convento de clausura en la calle de la Pureza, ¿no es cierto, madre?

—¡Calla, criatura!

—Bien.

—Recógete en ti y eleva tu alma al Señor.

La boca del muchachito maduró súbitamente en un rapto de rebeldía:

—¿Es que voy a morirme, madre? ¿Dijo eso el doctor?

Sor Matilde le buscó el pulso y contaba mientras rezaba. Luego aguzó el oído por si se oyeran pasos en el corredor. Había decidido no separarse de él. Reparó, de pronto, en sus oscuras manos, demasiado grandes, de yemas achatadas por el trabajo. La uña del pulgar derecho estaba partida en dos.

—No es eso, hijo. Pero nunca está de más ponerse a bien con el Señor.

El muchachito pensó: «No debo llorar.» En el café Lion, de Salamanca, no lloraba aun cuando los veteranos sin ningún derecho, se le anticipasen. El decía: « ¡Limpiaaaaaa! » con exacta precisión, con fe y coraje, pero a la seña del cliente acudía siempre otro de más edad. Los colegas formaban en su torno una competencia asfixiante. El era nuevo y el gremio se cerraba a cualquier intromisión. Bueno, él no lloraba entonces, ni lloraba ahora, ni lloró siquiera cuando se deshizo de la caja y los utensilios. Tampoco lloró cuando se puso en camino —a pie, que es más seguro— para buscar a la Modes. Allá en el Lion un viejo catedrático de la Escuela de Comercio le dijo una tarde: «¿Quieres trabajar?» El respondió: «De eso se trata. De querer y no poder.» Agregó el otro: «En Valladolid hay más campo.» El muchachito, sentado en la diminuta banqueta, había pensado:

«La Modes anda por Valladolid.» Notaba ahora la apisonadora más incrustada en el pecho. Dijo:

—Madre, de Simancas acá me trajo un motorista en la trasera... Correr en moto es como dominar el mundo, madre.

Hablaba a trompicones y cada palabra le suponía un intenso dolor. Pero el muchachito ya no localizaba las punzadas. Tanto podían ser en su cuerpo como en el jergón. Sus fauces ardían con un fuego de rescoldo, sin llama. Quiso mover la mano de la uña rota y no le obedeció. Se había convertido de súbito en un miembro independiente. Casi le hizo reír aquella rebeldía de lo único que hasta entonces fuese enteramente suyo. Oyó la voz tenue de sor Matilde como si descendiese del techo:

—Repite conmigo, hijo: «Señor, me pesa el haberos ofendido de pensamiento, palabra y obra. Deseo de todo corazón presentarme ante Vos con el alma limpia de toda culpa.»

El lo repitió lentamente, dolorosamente, y al concluir experimentó un grato relajamiento.

Sor Matilde pensó: «No puede morir. Es una contradicción. ¡Señor, hágase tu voluntad.» Observaba las manos inmóviles del muchachito, angustiosamente vivaces aún en su postración. Sintió unos pasos próximos.

—¡Doctor! —chilló crispada—. ¡Doctor! —corrió hacia la puerta.

El doctor, que era un hombre de edad y, sin embargo, vivía, se aproximó a ella.

—Bueno —dijo.

Ella le hizo paso y él penetró bruscamente en la salita. Se inclinó un momento sobre la cama y volvió luego su pesada cabeza:

—Bien —añadió—. Ha muerto. ¿Es eso lo que quería decirme, hermana?

Relato noveno

En una noche así

Yo no sé qué puede hacer un hombre recién salido de la cárcel en una fría noche de Navidad y con dos duros en el bolsillo. Casi lo mejor si, como en mi caso, se encuentra solo es ponerse a silbar una banal canción infantil y sentarse al relente del parque a observar cómo pasa la gente y los preparativos de la felicidad de la gente. Porque lo peor no es el estar solo, ni el hiriente frío de la Nochebuena, ni el terminar de salir de la cárcel, sino el encontrarse uno a los treinta años con el hombro izquierdo molido por el reuma, el hígado trastornado, la boca sin una pieza y hecho una dolorosa y total porquería. Y también es mala la soledad y la conciencia de la felicidad aleteando en torno, pero sin decidirse a entrar en uno. Todo eso es malo como es malo el sentimiento de todo ello y como es absurda y torpe la pretensión de reformarse uno de cabo a rabo en una noche como ésta, con el hombro izquierdo molido por el reuma y con un par de duros en el bolsillo.

La noche está fría, cargada de nubes grises, abultadas y uniformes que amenazan nieve. Es decir, puede nevar o no nevar, pero el que nieve o no nieve no remediará mi reuma, ni mi boca desdentada, ni el horroroso vacío de mi estómago. Por eso fui a donde había musica y me encontré a un hombre con la cara envuelta en una hermosa bufanda, pero con un traje raído, cayéndosele a pedazos. Estaba sentado en la acera, ante un café brillantemente iluminado, y tenía entre las piernas, en el suelo, una boina negra, cargada de monedas de poco valor. Me aproximé a él y me detuve a su lado sin decir palabra porque el hombre interpretaba en ese momento en su acordeón *El Danubio Azul* y hubiera sido un pecado interrumpirle. Además, yo tenía la sensación de que tocaba para mí y me emocionaba el que un menesteroso tocase para otro menesteroso en una noche como ésta. Y al concluir la hermosa pieza le dije:

—¿Cómo te llamas?

El me miró con las pupilas semiocultas

bajo los párpados superiores, como un perro implorando para que no le den más puntapiés. Yo le dije de nuevo:

—¿Cómo te llamas?

El se incorporó y me dijo:

—Llámame Nicolás.

Recogió la gorra, guardó las monedas en el bolsillo y me dijo:

—¿Te parece que vayamos andando?

Y yo sentía que nos necesitábamos el uno al otro, porque en una noche como ésta un hombre necesita de otro hombre y todos del calor de la compañía. Y le dije:

—¿Tienes familia?

Me miró sin decir nada. Yo insistí y dije:

—¿Tienes familia?

Él dijo, al fin:

—No te entiendo. Habla más claro.

Yo entendía que ya estaba lo suficientemente claro, pero le dije:

—¿Estás solo?

Y él dijo:

—Ahora estoy contigo.

—¿Sabes tocar andando? —le dije yo.

—Se —me dijo.

Y le pedí que tocara *Esta noche es Nochebuena* mientras caminábamos y los escasos transeúntes rezagados nos miraban con un poco de recelo y yo, mientras Nicolás tocaba, me acordaba de mi hijo muerto y de la Chelo y de dónde andaría la Chelo y de dónde andaría mi hijo muerto. Y cuando concluyó Nicolás, le dije:

—¿Quieres tocar ahora *Quisiera ser tan alto como la luna, ay, ay?*

Yo hubiera deseado que Nicolás tocase de una manera continuada, sin necesidad de que yo se lo pidiera, todas las piezas que despertaban en mí un eco lejano o un devoto recuerdo, pero Nicolás se interrumpía a cada pieza y yo había de rogarle que tocara otra cosa en su acordeón y para pedírselo había de volver de mi recuerdo a mi triste realidad actual y cada incorporación al pasado me costaba un estremecimiento y un gran dolor.

Y así, andando, salimos de los barrios céntricos y nos hallábamos —más a gusto— en pleno foco de artesanos y menestrales. Y hacía tanto frío que hasta el resuello del acordeón se congelaba en el aire como un jirón de niebla blanquecina. Entonces le dije a Nicolás:

—Vamos ahí dentro. Hará menos frío.

Y entramos en una taberna destartalada, sin público, con una larga mesa de tablas de pino sin cepillar y unos bancos tan largos como la mesa. Hacía bueno allí y Nicolás se recogió la bufanda. Vi entonces que tenía media cara sin forma, con la mandíbula inferior quebrantada y la piel arrugada y recogida en una pavorosa cicatriz. Tampoco tenía ojo derecho en ese lado. El me vio mirarle y me dijo:

—Me quemé.

Salió el tabernero, que era un hombre enorme con el cogote recto y casi pelado y un cuello ancho, como de toro. Tenía las facciones abultadas y la camisa recogida por encima de los codos. Parecía uno de esos tipos envidiables que no tienen frío nunca.

—Iba a cerrar —dijo.

Y yo dije:

—Cierra. Estaremos mejor solos.

El me miró y, luego, miró a Nicolás. Vacilaba. Yo dije:

—Cierra ya. Mi amigo hará música y beberemos. Es Nochebuena.

Dijo Nicolás:

—Tres vasos.

El hombrón, sin decir nada, trancó la puerta, alineó tres vasos en el húmedo mostrador de cinc y los llenó de vino. Apuré el mío y dije:

—Nicolás, toca *Mambrú se fue a la guerra*, ¿quieres?

El tabernero hizo un gesto patético. Nicolás se detuvo. Dijo el tabernero:

—No; tocará antes *La última noche que*

pasé contigo. Fue el último tango que bailé con ella.

Se le ensombreció la mirada de un modo extraño. Y mientras Nicolás tocaba le dije:

—¿Qué?

Dijo él:

—Murió. Va para tres años.

Llenó los vasos de nuevo y bebimos y los volvió a llenar y volvimos a beber y los llenó otra vez y otra vez bebimos y después, sin que yo dijera nada, Nicolás empezó a tocar *Mambrú se fue a la guerra* con mucho sentimiento. Noté que me apretaba la garganta y dije:

—Mi chico cantaba esto cada día.

El tabernero llenó otra vez los vasos y dijo sorprendido:

—¿Tienes un hijo que sabe cantar?

Yo dije:

—Le tuve.

El dijo:

—También mi mujer quería un hijo y se me fue sin conseguirlo. Ella era una flor, ¿sabes? Yo no fui bueno con ella y se murió. ¿Por qué será que mueren siempre los mejores?

Nicolás dejó de tocar. Dijo:

—No sé de qué estáis hablando. Cuando la churrera me abrasó la cara la gente bailaba *La morena de mi copla.* Es de lo único que me acuerdo.

Bebió otro vaso y tanteó en el acordeón *La morena de mi copla.* Luego lo tocó ya formalmente. Volvió a llenar los vasos el tabernero y se acodó en el mostrador. La humedad y el frío del cinc no parecían transmitirse a sus antebrazos desnudos. Yo le miraba a él y miraba a Nicolás y miraba al resto del recinto despoblado y entreveía en todo ello un íntimo e inexplicable latido familiar. A Nicolás le brillaba el ojo solitario con unos fulgores extraños. El tabernero dulcificó su dura mirada y después de beber dijo:

—Entonces ella no me hacía ni fu ni fa. Parecía como si las cosas no pudieran ser de otra manera y a veces yo la quería y otras veces la maltrataba, pero nunca me parecía que fuera ella nada extraordinario. Y luego, al perderla, me dije: «Ella era una flor.» Pero ya la cosa no tenía remedio y a ella la enterraron y el hijo que quería no vino nunca. Así son las cosas.

En tanto duró su discurso, yo me bebí un par de copas; por supuesto, con la mayor inocencia. Yo no buscaba en una noche como ésta la embriaguez, sino la sana y caliente alegría de Dios y un amplio y firme propósito de enmienda. Y la música que Nicolás arrancaba del acordeón estimulaba mis rectos impulsos y me empujaba a amarle a él y a amar al tabernero y a amar a mi hijo muerto y a perdonar a la Chelo su desvío. Y dije:

—Cuando el chico cayó enfermo yo la dije a la Chelo que avisara al médico y ella me dijo que un médico costaba diez duros. Y yo dije: «¿Es dinero eso?» Y ella dijo: «Yo no sé si será dinero o no, pero yo no lo tengo.» Y yo dije, entonces: «Yo tampoco lo tengo, pero eso no quiere decir que diez duros sean dinero.»

Nicolás me taladraba con su ojo único enloquecido por el vino. Había dejado de tocar y el acordeón pendía desmayado de su cuello, sobre el vientre, como algo frustrado o prematuramente muerto. El instrumento tenía mugre en las orejas y en las notas y en los intersticios del fuelle; pero sonaba bien y lo demás no importaba. Y cuando Nicolás apuró otra copa, le bendije interiormente porque se me hacía que bebía música y experiencia y disposición para la música. Le dije:

—Toca *Silencio en la noche,* si no estás cansado.

Pero Nicolás no me hizo caso; quizá no me entendía. Su único ojo adquirió de pronto una expresión retrospectiva. Dijo Nicolás:

—¿Por qué he tenido yo en la vida una suerte tan perra? Un día yo vi en el escaparate de una administración de loterías el número veintiuno y me dije: «Voy a comprarle; alguna vez ha de tocar el número veintiuno.» Pero en ese momento pasó un vecino y me dijo: «¿Qué miras en ese número, Nicolás? La lotería no cae en los números bajos.» Y yo pensé: «Tiene razón; nunca cae la lotería en los números bajos.» Y no compré el número veintiuno y compré el cuarenta y siete mil doscientos treinta y cuatro.

Nicolás se detuvo y suspiró. El tabernero miraba a Nicolás con atención concentrada. Dijo:

—¿Cayó, por casualidad, el gordo en el número veintiuno?

A Nicolás le brillaba, como de fiebre, el ojo solitario. Se aclaró la voz con un carraspeo y dijo:

—No sé; pero en el cuarenta y siete mil doscientos treinta y cuatro no me tocó ni el reintegro. Fue una cochina suerte la mía.

Hubo un silencio y los tres bebimos para olvidar la negra suerte de Nicolás. Después bebimos otra copa para librarnos, en el futuro, de la suerte perra. Entre los tres iba cuajando un casi visible sentimiento de solidaridad. Bruscamente el tabernero nos volvió la espalda y buscó un nuevo frasco en la estantería. Entonces noté yo debilidad en las rodillas y dije:

—Estoy cansado; vamos a sentarnos.

Y nos sentamos Nicolás y yo en el mismo banco y el tabernero, con la mesa por medio, frente a nosotros; y apenas sentados, el tabernero dijo:

—Yo no sé qué tenía aquella chica que las demás no tienen. Era rubia, de ojos azules y, a su tiempo, se movía bien. Era una flor. Ella me decía: «Pepe, tienes que vender la taberna y dedicarte a un oficio más bonito.» Y yo la decía: «Sí, encanto.» Y ella me decía: «Es posible que entonces tengamos un hijo.» Y yo la decía: «Sí, encanto.» Y ella decía: «Si tenemos un hijo, quiero que tenga los ojos azules como yo.» Y yo la decía: «Sí, encanto.» Y ella decía...

Balbucí yo:

—Mi chico también tenía los ojos azules y yo quería que fuese boxeador. Pero la Chelo se plantó y me dijo que si el chico era boxeador ella se iba. Y yo la dije: «Para entonces ya serás vieja; nadie te querrá.» Y ella se echó a llorar. También lloraba cuando el chico se puso malito y yo, aunque no lloraba, sentía un gran dolor aquí.

Y la Chelo me echaba en cara el que yo no llorase, pero yo creo que el no llorar deja el sentimiento dentro y eso es peor. Y cuando llamamos al médico, la Chelo volvió a llorar porque no teníamos los diez duros y yo la pregunté: «¿Es dinero eso?» El chico no tenía los ojos azules por entonces, sino pálidos y del color del agua. El médico, al verlo, frunció el morro y dijo: «Hay que operar en seguida.» Y yo dije: «Opere.» La Chelo me llevó a un rincón y me dijo: «¿Quién va a pagar todo esto? ¿Estás loco?» Yo me enfadé: «¿Quién ha de pagarlo? Yo mismo», dije. Y trajeron una ambulancia y aquella noche yo no me fui a echar la partida, sino que me quedé junto a mi hijo, velándole. Y la Chelo lloraba silenciosamente en un rincón, sin dejarlo un momento.

Hice un alto y bebí un vaso. Fuera sonaban las campanas anunciando la misa del Gallo. Tenían un tañido lejano y opaco aquella noche y Nicolás se incorporó y dijo:

—Hay nieve cerca.

Se aproximó a la ventana, abrió el cuarterón, lo volvió a cerrar y me enfocó su ojo triunfante:

—Está nevando ya —dijo—. No me he equivocado.

Y permanecimos callados un rato, como si quisiésemos escuchar desde nuestro encierro el blando posarse de los copos sobre las calles y los tejados. Nicolás volvió a sentarse y el tabernero dijo destemplado:

—¡Haz música!

Nicolás ladeó la cabeza y abrió el fuelle del acordeón en abanico. Comenzó a tocar *Adiós, muchachos, compañeros de mi vida.* El tabernero dijo:

—Si ella no se hubiera emperrado en pasar aquel día con su madre, aún estaría aquí, a mi lado. Pero así son las cosas. Nadie sabe lo que está por pasar. También si no hubiera tabernas el chófer estaría sereno y no hubiera ocurrido lo que ocurrió. Pero el chófer tenía que estar borracho y ella tenía que ver a su madre y los dos tenían que coincidir en la esquina precisamente, y nada más. Hay cosas que están escritas y nadie puede alterarlas.

Nicolás interrumpió la pieza. El tabernero le miró airado y dijo:

—¿Quieres tocar de una vez?

—Un momento —dijo Nicolás—. El que yo no comprara el décimo de lotería con el número veintiuno aquella tarde fue sólo culpa mía y no puede hablarse de mala suerte. Esa es la verdad. Y si la churrera me quemó es porque yo me puse debajo de la sartén. Bueno. Pero ella estaba encima y lo que ella decía es que lo mismo que me quemó pudo ella coger una pulmonía con el aire del acordeón. Bueno. Todo eso son pamplinas y ganas de embrollar las cosas. Yo la dije: «Nadie ha pescado una pulmonía con el aire de un acordeón, que yo sepa.» Y ella me dijo: «Nadie abrasó a otro con el aceite de freír los churros.» Yo me enfadé y dije: « ¡Caracoles, usted a mí! » Y la churrera dijo: «También pude yo pescar una pulmonía con el aire del acordeón.»

A Nicolás le brillaba el ojo como si fuese a llorar. Al tabernero parecía fastidiarle el desahogo de Nicolás.

—Toca; hoy es Nochebuena —dijo.

Nicolás sujetó entre sus dedos el instrumento. Preguntó:

—¿Qué toco?

El tabernero entornó los ojos, poseído de una acuciante y turbadora nostalgia:

—Toca de nuevo *La última noche que pasé contigo*, si no te importa.

Escuchó en silencio los primeros compases, como arrobado. Luego dijo:

—Cuando bailábamos, ella me cogía a mí por la cintura en vez de ponerme la mano en el hombro. Creo que no alcanzaba a mi hombro porque ella era pequeñita y por eso me agarraba por la cintura. Pero eso no nos perjudicaba y ella y yo ganamos un concurso de tangos. Ella bailaba con mucho sentimiento el tango. Un jurado la dijo: «Chica, hablas con los pies.» Y ella vino a mí a que la besara en los labios porque habíamos ganado el concurso de tangos y porque para ella el bailar bien el tango era lo primero y más importante en la vida después de tener un hijo.

Nicolás pareció despertar de un sueño.

—¿Es que no tienes hijos? —preguntó.

El tabernero arrugó la frente.

—He dicho que no. Iba a tener uno cuando ella murió. Para esos asuntos iba a casa de su madre. Yo aún no lo sabía.

Yo bebí otro vaso antes de hablar. Tenía tan presente a mi hijo muerto que se me hacía que el mundo no había rodado desde entonces. Apenas advertí la ronquera de mi voz cuando dije:

—Mi hijo murió aquella noche y la Chelo se marchó de mi lado sin despedirse. Yo no sé qué temería la condenada, puesto que el chico ya no podría ser boxeador. Pero se fue y no he sabido de ella desde entonces.

El acordeón de Nicolás llenaba la estancia de acentos modulados como caricias. Tal vez por ello el tabernero, Nicolás y un servidor nos remontábamos en el aire, con sus notas, añorando las caricias que perdimos. Sí, quizá fuera por ello, por el acordeón; tal vez por la fuerza evocadora de una noche como ésta. El tabernero tenía ahora los codos incrustados en las rodillas y la mirada perdida bajo la mesa de enfrente.

Nicolás dejó de tocar. Dijo:

—Tengo la boca seca.

Y bebió dos nuevos vasos de vino. Luego apoyó el acordeón en el borde de la mesa para que su cuello descansara de la tirantez del instrumento. Le miré de refilón y vi que tenía un salpullido en la parte posterior del pescuezo. Pregunté:

—¿No duele eso?

Pero Nicolás no me hizo caso. Nicolás sólo obedecía los mandatos imperativos. Ni me miró esta vez, siquiera. Dijo:

—Mi cochina suerte llegó hasta eso. Una zarrapastrosa me abrasó la cara y no saqué ni cinco por ello. Los vecinos me dijeron que tenía derecho a una indemnización, pero yo no tenía cuartos para llevar el asunto por la tremenda. Me quedé sin media cara y ¡santas pascuas!

Yo volví a acordarme de mi hijo muerto y de la Chelo y pedí a Nicolás que interpretase *Al corro, claró*. Después bebí un trago para entonarme y dije:

—En el reposo de estos meses he reflexionado y ya sé por qué la Chelo se fue de mi lado. Ella tenía miedo de la factura del médico y me dejó plantado como una guarra. La Chelo no me quería a mí. Me aguantó por el chico; si no se hubiera marchado antes. Y por eso me dejó colgado con la cuenta del médico y el dolor de mi hijo muerto. Luego, todo lo demás. Para tapar un agujero tuve que abrir otro agujero y me atraparon. Esa fue mi equivocación: robar en vez de trabajar. Por eso no volveré a hacerlo...

Me apretaba el dolor en el hombro izquierdo y sentía un raro desahogo hablando. Por ello, bebí un vaso y agregué:

—Además...

El tabernero me dirigió sus ojos turbios y cansados, como los de un buey:

—¿Es que hay más? —dijo.

—Hay —dije yo—. En la cárcel me hizo sufrir mucho el reuma y para curarlo me quitaron los dientes y me quitaron las muelas y me quitaron las anginas; pero el reuma seguía. Y cuando ya no quedaba nada por quitarme me dijeron: «El trescientos trece tome salicilato.»

—¡Ah! —dijo Nicolás.

Yo agregué:

—El trescientos trece era yo anteayer.

Y después nos quedamos todos callados. De la calle ascendía un alegre repiqueteo de panderetas y yo pensé en mi hijo muerto, pero no dije nada. Luego vibraron al unísono las campanas de muchas torres y yo pensé: « ¡Caramba, es Nochebuena; hay que alegrarse! » Y bebí un vaso.

Nicolás se había derrumbado de bruces sobre la mesa y se quedó dormido. Su respiración era irregular, salpicada de fallos y silbidos; peor que la del acordeón.

Relato décimo

La conferencia

La ciudad había dado la mínima, y en las bufandas enroscadas hasta los ojos, y las solapas erguidas, y los tapabocas, y los bustos encogidos bajo los gabanes, se adivinaba ese puntito de orgullo y vanagloria de saberse los más extremosos en algo. Quince grados bajo cero eran muchos grados bajo cero y era la temperatura mínima registrada en la Península, y la gente decía: «El invierno viene con ganas este año.»

Cuando José abandonó el trabajo era casi de noche y las luces urbanas empañaban su brillo de una friolenta opacidad. José sintió frío y apretó el paso y embutió sus manos sucias y amoratadas en los bolsillos del tabardo. Pensó: «La Elvira cose hoy fuera; hasta las ocho no habrá lumbre en casa.»

Y la evocación de un hogar destemplado y vacío le produjo un estremecimiento. «No iré hasta luego. Esperaré», se dijo. Y divisó a una muchacha de caderas redondas, con una carpeta bajo el brazo, que entraba en un edificio inmediato, y se aproximó y le dijo:

—¿Qué ocurre ahí que entra la gente?

La muchacha le analizó un momento de arriba abajo y respondió:

—Una conferencia.

—¿Una conferencia?

—Un discurso —aclaró ella.

—¡Ah! —dijo él.

Y la jovencita subió en dos saltos los cuatro escalones, y luego se volvió a él:

—Es una cosa técnica —dijo—; no creo que le interese.

Había en su voz un asomo de condescendiente intelectualismo que José no advirtió. José permaneció un instante indeciso. Luego chilló:

—¡Eh, eh, oiga! Hará calor ahí dentro, ¿no es así?

—¿Calor? —preguntó la muchacha.

—Sí, calor.

—Creo yo que sí que hará calor. Es decir, es posible que haya calor y es posible que no lo haya. Hoy no hace calor en ninguna parte, que yo sepa. Además, ¿le interesa a usted la Economía?

El rostro de José se ensombreció.

—¿Economía?

La muchacha frunció levemente el entrecejo. Dijo:

—¡Oh! ¿No sabe usted lo que es la Economía y quiere asistir a una conferencia sobre «La redistribución de la renta»?

—Oiga, oiga —atajó José—. Yo no he dicho tal. Yo sólo preguntaba si hará calor ahí dentro o no.

La muchacha de las caderas redondas dijo:

—¡Ah, bien!

José ascendió los escalones tras ella. Huía del frío de la calle como los gatos del agua. Divisó a un hombre uniformado y se dirigió a él, y el hombre uniformado dijo, antes de que él le preguntase nada:

—Es ahí.

Y José penetró en un salón alto de techo y se sintió un poco cohibido, y para aliviarse se soltó el tapabocas. Hacía buena temperatura allí; pero, a pesar de ello, José se sentó en una silla junto a un radiador y asió sus manos amoratadas a uno de los elementos. Abrasaba. La Elvira decía que salían frieras por agarrar así los radiadores; pero a José no le importaban ahora las frieras. Tenía frío, mucho frío, y deseaba calor a costa de lo que fuese.

Había poca gente allí y José descubrió al primer vistazo a la muchacha de las caderas redondas que escribía afanosamente en la primera fila. Sólo entonces reparó José en el conferenciante. Era un sujeto gordezuelo, de mirada clara y ademanes exagerados, y a José le pareció que se escuchaba. No le gustó por eso; por eso y porque dijo: «El beneficio del empresario tiene carácter residual.» Ello le sonó a José a cosa desdeñosa, y él sabía que el beneficio del empresario no era como para desdeñarle. «¿Qué carácter tendrá mi beneficio entonces?», pensó. Y arrimó nuevamente las manos al radiador.

El conferenciante hablaba, en realidad, como si se escuchase, pero no se escuchaba. Trataba, al parecer, de hallar para el mundo, y los hombres, y los pueblos un noble punto de equilibrio económico. Y decía cosas del empresario, y de los trabajadores, y de la empresa, y de los salarios, y de la renta, y del beneficio residual. Era un sujeto gordezuelo que trataba de arreglar el mundo hablando, y hablaba como si se escuchase, pero no se escuchaba. Y decía: «En la redistribución de la renta nacional-funcional...» Y pensaba simultáneamente:

«¿Gente? ¡Pchs! En provincias no interesan estas cosas. Mil pesetas y gastos pagados. No es mucho, pero no está mal. Esta chiquitina de la primera fila lo ha tomado con calor. Es preciosa esta chiquitina de la primera fila. Me gustan su nariz y sus caderas y su afanosa manera de trabajar. Aquel ganapán del radiador ha venido a calentarse. Deberían reservar el derecho de admisión. Yo no vine aquí a hacer demagogia ni a halagar los oídos de los ganapanes, sino a exponer un nuevo punto de vista económico.» Dijo: «El orden, la solidaridad, el bienestar, la justicia se esconden en una equitativa redistribución.»

La muchacha de las caderas redondas levantó los ojos de las cuartillas y miró al conferenciante como hipnotizada. Pensaba: «¡Oh, qué maravillosamente confuso es este hombre!» Le interesaban a ella las cuestiones económicas. A veces se desesperaba de haber nacido mujer y de tener las caderas redondas y de que los hombres apreciasen en ella antes sus caderas redondas que su vehemente inquietud económico-social. Para la muchacha de las caderas redondas, la Humanidad era extremosa e injusta. Pensar en el equilibrio social era una utopía. En el mundo había intelectuales e ignorantes. Nada más. El claro era ignorante; el oscuro, intelectual. Ella era una intelectual; el tipo del tapabocas que venía allí a buscar calor era un ignorante. Tratar de reconciliar ambas posiciones era una graciosísima, y mortificante, y descabellada insensatez. Ella escribía ahora frenéticamente, siguiendo el hilo del discurso. Escribía y, de cuando en cuando, levantaba la cabeza y miraba al orador como fascinada.

José, arrimado al radiador, se hallaba en el mejor de los mundos. Tenía que hacer esfuerzos para no dormirse. La voz del orador en la lejanía, era como un arrullo, como una invencible incitación al sueño. De cuando en cuando, las inflexiones de voz del conferenciante le sobresaltaban, y él, entonces, abría los ojos y le miraba, y con la mirada parecía indicarle: «Eh, estoy aquí; estoy despierto. Le escucho.» Pero de nuevo le ganaba la grata sensación de calor y cobijo y, más que nada, la conciencia de que, por fuera de aquellos ventanales, la gente tiritaba y se moría de frío. En su duermevela, José pensaba: «Este hombre se está partiendo la cabeza en vano. El mundo es mucho más sencillo de lo que él piensa. La Humanidad se divide en dos: Los que tienen calor a toda hora y comida caliente tres veces al día y los que no lo tienen. Todo lo demás son ganas de hablar y de enredar las cosas.»

El conferenciante dijo: «Apelando exclusivamente al aspecto funcional, la solución es arriesgada.» Pensaba: «En el mundo hay tres clases sociales: La alta, que tiene para comer y para vicios; la media, que tiene para comer y no tiene para vicios, y la baja, que tiene para vicios y no tiene para comer. La vida ha sido así, es así y seguirá siendo así por los siglos de los siglos. De todas formas, a Carmen le compraré el sombrero. Se lo prometí si me encargaban la conferencia. Me he ido de la lengua, pero ahora no me queda otro remedio. Al fin y al cabo ellas tienen caprichos y nosotros vicios. Me gusta esa chiquitina de la primera fila. ¿Para qué tomará notas con ese ardor? ¡Oh, tiene unas caderas excepcionalmente bonitas!»

El conferenciante pensó decir: «Hay que tender al equilibrio entre los que tienen mucho y los que tienen poco», pero dijo: «Hemos de allegar un criterio de armonía entre los dos puntos más extremosos de la sociedad, económicamente hablando.»

La muchacha de las caderas pensó: «¡Ah, es maravilloso! Un cerebro dedicado exclusivamente a la ciencia y a arreglar el mundo es algo hermoso que deberíamos agradecer con lágrimas. Este hombre es un genio, un soberbio intelectual. ¿Y qué? Ocho filas de butacas. ¿Quedarán hoy localidades libres en los cines? ¡Oh, oh, es una vergüenza, una deplorable vergüenza! » El orador hablaba de prisa y ahora ella escribía angustiosamente, podando las frases, abreviando las palabras, pero procurando dejar la idea intacta. Ella celebraba íntimamente la exposición compleja, cruelmente enrevesada, del conferenciante. Para la muchacha de las caderas redondas, lo confuso era profundo; lo claro, superficial. La ciencia verdad había de ser, pues, necesariamente confusa. Un libro que no hiciera trabajar a su cerebro no valía la pena. Una idea, aun pueril, solapadamente dispersa en un juego de vocablos innecesarios, la entusiasmaba. Ella gozaba entonces desentrañando el sentido de cada palabra y relacionándolo con el conjunto de la frase. Y pensaba: «Este hombre es un talento.» A veces, el sentido de la frase se le cerraba con un hermetismo obstinado, y ella, lejos de desesperarse, se decía: « ¡Oh, qué genio poderosísimo; no me es posible llegar a él! » Su padre la decía: «Todo lo que no sea cocinar y repasar es modernismo en una mujer, querida.» Su hermano Avicto decía: «Eres una angustiosa de cultura.» Ella pensaba: «Mi padre y

Avicto preferirán también unas caderas bonitas a una cabeza en su sitio.» Y sentía asco de sus caderas.

José dio una cabezada y al abrir los ojos advirtió que llevaba unos segundos en la inopia. Pensó: «Acaso la Elvira esté ya en casa y haya puesto lumbre.» Miró una vez más al hombre gordezuelo y se esforzó en aferrar alguna de sus palabras y desentrañar su significado. Su esfuerzo estéril le irritó. Casi sintió deseos de gritar e interrumpirle y decir: « ¡No se ande usted por las ramas! ¿A qué ese afán de no llamar al pan, pan, y al vino, vino?» Pero se reprimió y se dejó ganar de un apacible sopor, un sopor que le subía de los pies hasta los ojos y le cerraba dulcemente los párpados, como dedos de mujer.

Se despertó despavorido pensando que el edificio se derrumbaba, y al abrir los ojos vio que el auditorio aplaudía al hombre gordezuelo, y el hombre gordezuelo sonreía al auditorio y hacía inclinaciones al auditorio, y él, entonces, comenzó a aplaudir; mas en ese instante crítico el auditorio cesó de aplaudir y sus palmadas detonaron en el vacío, y el tipo gordezuelo le miró como con cierta irritación, y él se azoró y se incorporó e hizo dos reverencias, y como viera que la muchacha de las caderas redondas le miraba desde la primera fila, le sonrió, cogió el tapabocas y se dirigió a la puerta.

Al conferenciante le brillaba en la calva una gota de sudor. La muchacha de las caderas redondas pensó: « ¡Qué esfuerzo! » El la miró a ella y ella se ruborizó. El se volvió entonces al presidente, que había dicho al comenzar: «Nadie con mayor competencia que el señor Meléndez, director del Grupo Económico, miembro activo del Instituto Financiero, orador y publicista, para desarrollar un tema tan sugestivo y candente como este de 'La redistribución de la renta'.» El conferenciante preguntó al presidente: «¿Quién es esa muchacha?» La muchacha recogía cuidadosamente sus apuntes. El presidente dijo: «Tiene un cuerpo interesante. ¿Es eso lo que quiere saber?» Prosiguió Meléndez: « ¡Oh, ya lo creo! Más que la redistribución de la renta.» Los dos rieron. La gente iba saliendo y la muchacha de las caderas redondas pensó: «Hablan de mí, ¡Dios mío! Están hablando de mí. El ha debido notar que tengo inquietudes.» Recogió la cartera y caminó despacio hacia la puerta. « ¡Oh, oh! —dijo Meléndez—, mi querido presidente, observe usted, por favor. ¡Qué cosa maravillosa! » La muchacha pensaba: «Ha notado que tengo inquietudes. Ha notado que tengo inquietudes.» Ella no sabía que sus redondas caderas ondulaban deliciosamente al andar. En la puerta tropezó con José. Le sonrió piadosamente. Dijo:

—¿Le gustó?

José sujetaba el tapabocas.

—Hace bueno ahí —dijo. Y antes de salir a la escarcha, y a la noche y a la intemperie, añadió—: ¿Tiene usted hora?

—Son las ocho —dijo la muchacha de las caderas redondas con cierta desolación.

José dijo: «Bien, gracias.» Y pensó: «La Elvira estará al llegar.» Y se lanzó a la calle.

Indice